침대는 거실에 둘게요

침대는 거실에 둘게요

1.5인가구의 모던시크 주거라이프

글 서윤영

edit

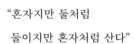

"혼자지만 둘처럼

둘이지만 혼자처럼 산다"

요즘 시대에
주방이
꼭 있어야 해요?

1990년대 일본에서는 '개전제품'이란 게 유행을 했다. 가정에서 여러 가족이 함께 사용할 것을 염두에 두고 생산된 기존의 가전제품이 아닌, 개인이 혼자 쓰는 것에 초점을 맞춘 가전제품을 뜻한다. 나만의 가전제품, 1인용 가전제품, 1인가구를 위한 맞춤형 가전제품이란 홍보문구와 함께 개전제품은 마케팅 시장에서 뜨겁게 떠올랐다.

그런데 밥솥이든 커피포트든 1인가구용이라고 해서 정말로 1인용은 아니었다. 실제로는 대개가 1.5인용이었다. 혼자서만 딱 먹을 수 있는 양, 한 잔 따르고 나면 남는 게 없는 양만 나오게 만들지 않았다. 1인용 제품을 1.5인용으로 만든 이유는 많이 먹고 마시는 사람을 생각해 넉넉하게 만든 것이기도 할 테지만, 그보다는 둘이 먹고 마셔도 될 정도를 고려한 것이다. 혼자 사는 사람의 집에 친구나 연인이 방문할 경우를 생각해서다. 혼자 살지만 연인이 자주 집에 머무르거나 아예 주말에는 둘이 지내기도 하는, 그래서 1인가구이지만 때때로 2인가구가 되기도 하는 상황에 맞춘 셈이다. 꼭 그런 상황이 아니더라도 1인가구는 언제든 2인가구로 변할 수 있다. 그래서 개전제품이라 하더라도 1인은 물론 2인도 사용 가능하도록 만든 1.5인용 제품이 더 활용도가 높다. 이는 전자제품뿐 아니라 가구도 마찬가지다. 혼자 살지만 침대는 싱글침대가 아닌 더블침대가 더 유용한 경우가 많다. 그러다 보니 1.5인용에 해당하는 세미더블침대가 새롭게 등장했다.

아울러 당시 일본에서는 2인가구도 늘어나고 있었다. 그런데 동거 커플이나 아이 없는 부부의 라이프스타일은 확장된 1인가구에 가깝다. 즉 2인가구는 4인가구의 축소판이 아니라 1인가구의 확장판인 셈이어서 식탁이나 소파, 테이블 등도 1.5인가구에 맞춘 개전제품이 더욱 잘 팔렸다. 그리고 이러한 흐름은 곧 우리나라에도 번졌다.

1990년대만 해도 우리나라는 4인가구 최저생계비, 4인가구 주거대책 등 정책과 인프라에 관한 모든 게 4인가구에 맞춰져 있었고 실제 가구 비율도 4인가구가 가장 많았다. 그러나 이제는 도리어 4인가구를 찾기가 어려워졌다. 1인가구와 2인가구가 전체 가구 중 절반 넘게 차지하고 있으니 이제 우리나라도 1.5인가구가 대세인 세상이 되었다.

그런데 세상이 이렇게 변했는데도 주택이라는 하드웨어는 여전히 4인가구에 맞춰져 있다. 신축 아파트에는 항상 24평, 33평, 44평짜리 집이 무지개떡의 빨강, 파랑, 노랑 색깔처럼 구색 맞추기로 들어가 있고 24평과 33평은 방 3개,

44평은 방 4개라는 공식이 전국적으로 통일되어 있다. 아무리 작은 아파트라도 방은 3개가 되어야 한다는 생각은 집에 4인가구가 산다는 전제하에 나온 것이다. 즉 부부를 위한 안방 하나에 자녀 방 둘. 여기에 44평짜리 중대형 아파트로 가면 방 하나를 옵션으로 더 넣는 식이다. 1.5인가구를 위한 방 1개짜리 12평 아파트나 방 2개짜리 18평 아파트는 아예 계획에서 제외되어 있다. 그래서 1.5인가구는 오피스텔이나 원룸 등으로 몰리고 있는 상황이다. 시대의 대세는 1.5인가구인데 이들이 왜 주거문화, 주거정책에서는 주변을 맴돌아야 하는가.

이제부터 이 이야기를 해보려고 한다. 우리 시대의 주류인 1.5인가구를, 전과 다른 생각과 요구를 드러내며 이 도시를 채우고 있는 존재들의 시티라이프 1.5 버전의 이야기를 해보려고 한다.

우리는,
1.5인가구로 산다

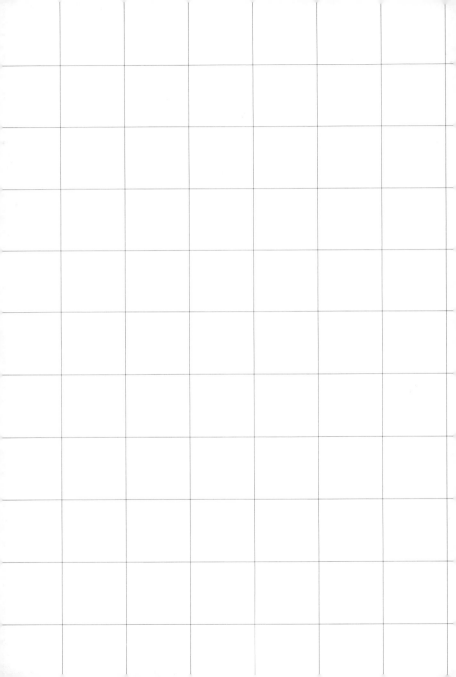

"자, 이 방이에요."

주인아주머니가 문을 열어 보여준 방에는 침대 하나, 옷장 하나, 그리고 책상과 책장이 각각 들어차 있었다. 작은 화장실과 조그마한 냉장고도 있었지만 주방은 없었다. 하지만 그 점이 오히려 마음에 들었다.

이곳에서 지내기로 하고 6개월치 방세를 선불로 지불했다. 한 달에 38만 원, 이 돈만 내면 끝이었다. 보증금도 필요 없고 관리비도 따로 없으며 전기세, 수도세를 내지 않아도 되었다. 오로지 38만 원으로 모든 게 해결되었다. 더구나 6개월치를 선불로 내면 한 달 방세를 빼주는 조건이었다. 그리하여 5개월치 월세인 190만 원을 주고 나는 6개월 동안 이 방의 주인이 될 수 있었다.

침대, 옷장, 책상, 책장, 냉장고까지 가구 5개가 테트리스마냥 들어찬 좁은 방바닥을 물티슈로 닦다가 문득 깨달았다. 나는 이제 1.5인가구가 되었다는 것을, 나의 삶은 앞으로 1.5 버전이 되리라는 것을.

1인가구가 늘 수밖에

얼마 전까지 우리나라는 4인가구가 대세였다. 하지만 이는 정부 시책을 결정하면서 설정해놓은 하나의 모델에 불과하다. 1960~1970년대에 정부는 인구증가를 막기 위해 "딸 아들 구별 말고 둘만 낳아 잘 기르자"라는 가족계획을 대대적으로 선전했고, 이에 부부와 2자녀로 이루어진 4인가구가 행복하고 단란한 '이상적인 핵가족'이라는 이미지로 정형화되었기 때문이다. 그리고 제도, 인프라 등 모든 것이 이에 맞춰 설계되었다.

"둘만 낳아 잘 기르자"는, 사적인 사안을 공적인 대의로 치환해버린, 이 범국민적 새마을운동스러운 표어는 자녀 각자에게 독방을 주자는 건축적 어휘로도 번역되었다. 부부 침실 1개에다 자녀 침실 2개로 이루어진 33평짜리 방 3개 아파트가 '국민주택'이라 일컬어지면서 각종 주거정책의 준거가 된 것이다. 24평짜리 소형 아파트라도 어쨌든 방은 3개가 되어야 했다. 40~50평의 중대형 아파트라면 여유 방 하나를 더 보태 4LDK[1](방 4개에 거실, 식당, 주방이 있는 집)로 만들었다. 하지만 10~20년 전부터 여기에 변화가 생기기 시작했다. 자녀 수가 1명으로 줄어들어 3인가구가 늘어나더니 자녀 없는 2인가구도 생겼고 1인가구도 증가했다. 그리고 이제 1인가구는 보통의 라이프스타일로 자리 잡아가고 있다. 통계를 보면 명확하다. 통계청의 인구주택총조사 결과에 따르면 2005년 이전의 가장 주된 유형의 가구는 4인가구였으나, 2010년에는 2인가구가 4인가구를 앞질렀고, 2015년 이후부터는 1인가구가 가장 많은 유형의 가구가 되었다. 해마다 1인·2인가구는 늘고 있고 3인·4인가구는 줄고 있다. 또한 이를 반영이라도 하듯 2006년 행정자치부(지금은 행정안전부) 통계에서는 '분산가족'이라는 통계 범주가 새로이 등장하기도 했다. 출퇴근이나 등하교 등의 이유로 가족과 떨어져 홀로 사는 사람을 말하는데 2006년 당시 21%를 차지했으니 지금은 더욱 증가했을 것이다.

1인가구가 증가하는 이유는 여러 가지 면에서 설명할 수 있는데 일단 개인주의 성향이 강해졌다는 점을 꼽을 수 있다. 지금의 2030세대는 1960~1970년대의 "둘만 낳아 잘 기르자"라는 표어 아래 자란 세대의 자녀들이다. 즉, 이미 부모세대부터 핵가족으로 자랐기 때문에 자녀세대는 더욱 개인주의 성향이 심하다. 아울러 부모세대의 인구이동이 주로 지방에서 서울로 집중하는 경향이었다면 그 자녀세대는 비대해진 수도권 내에서 이동하고 있다. 오늘날 인구 2,000만 명이 살고 있는 수도권은 인구수가 늘어난 만큼 물리적 거리도 증가했다.[2] 경기도 일산에 사는 사람이 서울 강남에 직장을 잡았을 경우 통근이 불가능한 것은 아니지만 좀더 자유로운 시티라이프를 위해 직장을 핑계 삼아서라도 독립을 하는 것이다. 또한 인식의 변화에 따라 가족의 형태도 다양해졌다. 비혼과 만혼, 이혼이 늘고 있다. 길어진 노년이 1인가구 증가의 요인이 되기도 한다.[3] 장남이 부모를 모셔야 한다는 기존의 가치관이 사라지고 이제는 노부모 측에서 자식과 따로 살기를 원한다. 이 모두에는 자유롭고 싶다는 공통점이 있다.

2인가구가 증가하는 것도 비슷한 맥락이다. 자녀 없는 부부가 증가하면서 딩크DINK[4]가 어느새 일상으로 스며들었지만 언론이나 대중매체에서는 비중 있게 다루지 않는다. 이제 우리나라는 출산율을 늘려야 하는 저출산 국가로 접어들었기 때문이다. 독거노인, 비혼모가정, 이혼가정, 다문화가정, 동성 커플 등 수많은 가족의 형태를 살펴보고 짚어보지만 딩크족의 사례만은 거의 다루지 않는다. 그것이 자칫 무자녀의 삶을 옹호하는 것으로 비칠 수 있기 때문이다. 하지만 우리 주변에 딩크 가정은 소리 없이 증가하고 있다. 그리고 또 하나, 동거 커플도.

1인·2인가구, 얼마나 될까?

우리나라 총가구 수 = 2,050만 / 100%

1인가구 수= 585만 / 29.3%

2인가구 수= 545만 / 27.3%

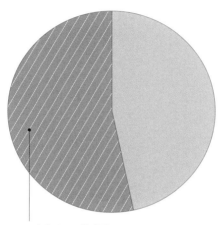

1인가구 + 2인가구
1,130만 가구
56.6%

자료: 통계청, 인구주택총조사, 2018

우리는, 1.5인가구로 산다

1인가구 Q & A

Q 1인가구가 가장 많이 사는 곳은?

A 강원(32.8%)

Q 1인가구의 세대별 순위는?

A 1위_70대 이상 18.3%

　　2위_20대 17.4%

　　3위_30대 17.0%

Q 1인가구의 성별 최상위 세대는?

A 여자_70대 28.1%

　　(70대 남자는 8.4%)

　　남자_30대 21.9%

　　(30대 여자는 12.1%)

굳이 왜 결혼을

우리 사회에는 동거에 대한 편견이 있었다. 있었고, 지금도 있다. 좀 누그러지긴 했어도 여전히 한쪽에서는 시선이 곱지 않다. 결혼도 하지 않은 남녀가 동거를 한다? 하지만 무언가 잘못되고 떳떳하지 못한 일로 여기고 말기에는 동거는 이제 낯설지 않은 엄연한 현실이다. 부모로부터 독립해서 1인 가구로 사는데 애인이 생기면 집에 자주 놀러올 수 있고 그러다가 점차 떨어지기가 싫어지면… 어느새 동거를 한다(완전히 합치지 않고 주말에만 함께 지내든지 상황은 다를 수 있다). 아마 이게 가장 흔한 상황일 것이다. 또는 결혼을 전제로 동거를 하는 커플도 있다. 증가하는 이혼에 대한 안전장치로써 우선 동거를 해본 다음 '이 사람이다'라는 확신이 서면 그때 정식으로 결혼을 하는 것이다. 하물며 양가 부모의 축복 아래 성대한 결혼식을 올리고도 혼인신고를 미루는 경우 역시 흔하다. 결혼 뒤에 미처 생각지 못했던 심각한 문제가 발생할까 봐 1~2년 정도 살아보고 난 후 혼인신고를 하겠다는 신중함의 발로인데(또는 귀찮아서, 굳이 서두를 필요가 뭐 있냐며 그냥 차일피일 미루는 사람들도 있지만) 함께 사는 그 1~2년 동안은 어쨌든 동거다.

　때로 상대는 너무 좋지만 결혼이라는 제도, 그 강력한

구속과 번잡한 절차가 너무 싫어서 동거라는 대안을 선택하기도 한다. 스웨덴의 경우 결혼보다 동거하는 커플의 비율이 압도적으로 높아서 1988년부터는 아예 '동거인법'이라고 해서 동거를 법적으로 보장하고 있다. 그리고 이들 비혼 동거 커플을 지칭하는 말도 있으니 바로 '삼보'sambo다.[5] 스웨덴에서는 가족관계 서류를 작성할 때 혼인신고를 할 수도, 동거신고를 할 수도 있다. 혼인신고는 절차가 까다롭고 또한 그에 따른 권리와 의무, 책임도 많아지지만 동거신고는 동일한 주소지로 두 사람이 등록만 하면 되기 때문에 절차가 쉽고 또한 책임과 의무도 거의 없다. 나중에도 주소지만 분리하면 삼보 커플의 이별은 법적으로 끝이다. 물론 동거라고 해서 비합법적이거나 비정상적인 가족의 범주에 드는 건 아니다. 엄연히 결혼에 대한 대안으로 인정이 된다. 그리고 동성 커플도 동거신고를 할 수 있다. 아울러 덴마크에서는 1989년부터 파트너십 등록제를 실시하고 있으며, 프랑스에서도 1999년부터 시민연대협약PACS: Pacte Civil de Solidarité이라 하여 동거 커플 및 동성 연인을 비롯한 다양한 형태의 가족을 인정하고 있다.

우리나라에서도 혼인신고를 한 부부 외에 서로에 대한 권리와 의무를 가진 커플을 법적 가족으로 인정하기 위한 '생활동반자법', '동반자등록법'을 논의 중이기는 하지만 아직 법제화는 안 됐다. 다만 현행법상으로 동거인이 존재하기는 한다. 혼인신고를 하면 서류에 배우자로 적히지만 전입신고를 하면 동거인으로 적히는 것이다. 하지만 말 그대로 동거인일 뿐 배우자가 아니기 때문에 그에 따르는 법적인 의무와 책임은 없다.

우리 사회에서 여자에게 결혼이란 남편이라는 존재 뒤에 시부모와 시누이, 시동생 등 '시' 자 달린 가족이 우르르 딸려 오고 얼마 뒤 아이가 생기는, 선택의 여지가 없는 종합선물세트와도 같았다. 그런데 여전히 선택의 여지가 없는 일인 걸까? 싫어하는 것은 빼고 좋아하는 것만 옵션처럼 골라 담을 수는 없을까? 좀더 자유롭고 안전하게 제도권 안에서. 결혼처럼 동거를, 비혼 출산을, 딩크를.

가족계획은 셀프

동거, 딩크, 비혼 출산 등 제각각으로 보이는 2인가구가 증가한 원인에는 가족에 대한 인식이 변화한 이유가 크다. 우리 부모세대(또는 조부모세대)에게 결혼이란 선택의 여지가 있는 일이 아니었다. 사람이라면 응당 결혼을 해야 하고 특히 여자에게 결혼이란 시부모의 가족에 복속되는 일, 그래서 결혼이 아닌 '시집을 가는 일'이었으며 그 후에는 으레 아이를 서너 명씩(또는 생기는 족족) 낳았다. 그러다 둘만 낳아 잘 기르자고 가족계획을 하기 시작하면서 가족에 대한 인식이 변했다. 가족 구성이란 스스로 계획해서 정할 수 있는 선택사항이라는 인식이 생긴 것이다. 자식은 하늘이 점지해준다는 생각에 생기는 대로 낳아 기르던 아이를 둘만 낳기로 계획할 수 있다면, 둘이 아니라 하나만 낳기로 하거나 아예 안 낳기로 계획할 수 있는 일이다. 또는 배우자 없이 오로지 아이만을 갖기로 계획할 수도 있고, 남편 대신 남친(또는 아내 대신 여친)과 결혼이 아닌 동거로 살아갈 수도 있다. 물론 그 함께 사는 사람은 이성이 아니라 동성이어도 상관없다. 그렇다면 그 누구와도 살지 않기로 계획하는 것도 특별한 일은 아닐 것이다.

어린 시절 이모나 삼촌의 결혼식에 가면 식이 끝난 후

근처의 한정식집에서 피로연을 했다. 커다란 교자상이 펼쳐져 있고 열두 가지 반찬이 푸짐하게 차려져 있는 거기에는 그 어떤 선택지도 없었다. 하지만 내 친구들이 결혼할 무렵 결혼식 피로연은 뷔페로 변해 있었다. 나는 개인접시를 들고 다니며 먹고 싶은 것을 골랐다. 친구들과 함께 앉은 커다란 테이블 위에는 저마다의 식성과 취향이 담긴 접시들이 놓였다. 누구는 초밥을 좋아해 수북이 담아오는가 하면 돼지갈비가 한가득인 친구도 있고 또 다이어트 중인지 샐러드만 담아온 친구에다 어린애마냥 피자, 파스타만 듬뿍 올린 친구도 있었다. 둥그렇게 둘러앉은 우리는 제각각인 서로의 접시를 보며 채소를 더 담으라고, 고기를 더 먹으라고 참견하지 않는다. 다만 그 자리에 함께 있는 것만으로 기쁘고 즐거울 뿐이다. 인생 역시 마찬가지가 아닐까. 아이를 빼고 딩크가 될 수도, 또는 남편이나 아내 없이 아이만 둘 수도, 남편 대신 남친과 함께하거나 사랑하는 동성과 지낼 수도, 그 무엇도 다 필요 없고 자신에게만 집중하고 싶다면 독신이 될 수도 있다. 그렇게 혼자가 되기도 하고 둘이 되기도 하고 고정되지 않는다.

1 LDK란 거실Living room, 식당Dining room, 주방Kitchen의 알파벳
   머리글자를 합친 것으로 이 세 공간이 연결된 구조를 말한다.
   또한 그 앞에 붙은 숫자는 침실(방)의 개수를 뜻한다. 다시
   말해 4LDK란 방 4개에 거실-식당-주방이 있는 집을 말한다.
   원룸은 방 하나에 모든 공간이 들어 있으므로 1LDK다.
   또한 대개의 국민주택은 3LDK다.

2 정확히는 2,571만 3,000명으로 전체 인구의 49.8%가
   수도권에 산다. 2018년 기준 통계청 자료다.

3 실제로 1인가구 가운데 60대의 비중은 14.9%, 70대 이상의
   비중은 18.3%에 달한다. 참고로 30대 비중은 17%다. 주목할
   점은 60대 1인가구 수가 2018년에 전년대비 가장 크게
   증가했다는 점이다. 마찬가지로 2018년 통계청 자료다.

4 딩크란 Double Income No Kids의 줄임말로 맞벌이 무자녀
   가정을 말한다. 본래 미국의 베이비 붐 세대의 생활양식과
   가치관을 대변하는 용어였다. 이 용어가 우리나라에
   들어오면서 의도적으로 자녀를 두지 않은 부부를
   딩크족이라 일컫게 되었다. 대개 남녀의 역할을 고정적으로
   생각하지 않으며 상대의 자유와 자립을 존중하고, 사회적
   관심이 크며 일하는 삶에서 보람을 찾는다는 특성을 띤다.

5 삼보란 스웨덴어인 삼만보엔데sammanboende의 줄임말로
   samman(=together)과 boende(=living)가 합쳐진 것이다.
   즉 함께 산다는 뜻이다. 커플이 함께 살면서 집과 가구

등을 공유하는 형태를 이르는데 우리나라로 치면 사실혼, 동거와 가깝다. 스웨덴은 1960~1970년대에 들어 결혼율이 낮아지고 대신 동거율이 증가하자 1988년에 이를 공식적으로 제도화했다. 커플이 서로 같은 주소지에 등록하면 몇 개월 뒤에 삼보로 인정된다. 그리고 한 사람이 주소를 옮기거나 재산분할을 신청하는 경우 삼보가 종료된다.

4인가구에서 자란 나는 한 남자의 아내가 되어 아이 없이 2인가구로 살다 바로 얼마 전 1.5인가구가 되었다. 작업실 겸 세컨드 하우스로 사용할 작은 방을 얻은 것이다. 주중에는 홀로 이곳에서 지내며 작업하고 주말에는 집으로 돌아가 남편과 지낼 예정이니 나 역시 1.5인가구라고 할 수 있다. 침대와 옷장, 책상, 책장, 냉장고 등 가구들이 틈틈이 들어찬 조그만 방에서 나는 이제 시티라이프 1.5 버전의 삶을 시작할 계획이다.

동네를 정한다,
방향을 세운다

내가 방을 구한 건물은 창이 있느냐 없느냐에 따라서, 또 그 창이 외부로 면한 외창인가, 내부 복도로 면한 내창인가에 따라서 방세가 다르다고 했다. 다행히 내가 계약한 방은 외창이 아파트 베란다를 연상시킬 만큼 커다랗게 뚫려 있다. 창을 통해 바라보이는 것은 내가 다녔던 학교다. 대학의 담벼락과 바로 맞닿아 있어서 등교하는 학생들의 얼굴이 방 안에 앉아서도 식별될 정도다. 아마 창문을 열고 누구가의 이름을 부르면 그가 곧 돌아볼 것이다. 내가 여기에 방을 구한 이유는 단 하나, 학교가 가까웠기 때문이다.

방에서 학교까지의 거리가 과연 얼마나 될까 가늠하고 있던 참에 문자가 하나 왔다. 입실을 축하드린다는 인사말과 함께 안내된 주소에는 '종암동'이라는 글자가 선명하다. 학생들은 이곳을 법대 후문이라는 뜻으로 '법후'라 줄여 부르지만 행정구역상 정확한 명칭은 종암동이다.

1인가구의 동네 정하기: 두 가지 기준

본가를 떠나 독립할 때 우리가 가장 먼저 생각하는 건 지금 돈이 얼마나 있는가 하는 문제고 그다음이 이 돈으로 어디에 집을 구할 수 있는가 하는 문제일 거다. 그런데 좋은 동네일수록 역시 방세가 비싸다. 전국에 들어서는 아파트란 아파트는 공장에서 찍어낸 듯 모두 똑같이 생겼지만 서울 강남의 아파트와 지방 어느 소도시의 아파트 주거비가 급격한 차이를 보이는 건 결국 지역 상황에 기인한다. 즉, 집을 구할 때 가장 중요하게 따져볼 문제는 이 돈으로 '어느 동네에 집을 구할 것인가'라고 할 수 있다.

정말이지 어디에다 집을 구해야 할까?

우선 두 가지 기준이 있다. 첫째는 학교나 회사처럼 매일 통근해야 하는 곳을 기준으로 하는 것이고, 둘째는 자주 가는 곳이나 가고 싶어 하는 곳 또는 특별히 좋아하는 장소를 기준으로 하는 것이다. 전자가 실리를 취하는 방법이라면 후자는 취향을 따르는 방식인데, 직장인이라면 대개 실속 있게 회사와 가까운 곳을 택하는 편이다. 일주일에 5일을 출근해야 하니 직장 근처로 집을 구하는 게 편하겠지만 그렇다고 걸어서 10분 거리의 너무 가까운 곳이라면 오히려 불편할 수 있다. 야근이나 회식이 잦은 회사라면 집이 동료들의 아지트로 전락할 위험이 있고 주말 출근 같은 궂은일이 떠밀려 올 가능성도 높다. 또 퇴근 후 수면바지에 슬리퍼를 끌고 편의점에 갔다가 직장 동료와 마주칠 수도 있고 쉬는 날 혹시 누군가와 마주칠 수 있다는 걱정에 문 밖출입을 제대로 못 할 수도 있다. 그래서 직장과 가까우면서도 조금 떨어진, 대신 인프라가 좋은 동네에 집을 구하는 것이 좋다.

한 가지 예로 고려대가 있는 서울 안암동 상권의 특성은 60~70% 정도 남성 편향이다. 이는 대학로와 홍대, 신촌, 명동, 강남 등의 상권이 70~80%에 달하는 높은 여성 편향인 것과 비교해볼 때 이례적인 일이다. 그렇다고 고려대 재학생 가운데 여학생 비율이 낮은 것도 아닐뿐더러 남녀 비율은 정확히 5대 5에 가깝다. 그렇다면 고려대 여학생들은 다 어디로 가는 걸가? 바로 인근의 성신여대 주변으로 간다. 아무래도 여대 앞이기 때문에 여학생의 눈높이에 맞춘 다양한 상점과 맛집, 카페가 많고 또한 성신여대와 고려대는 마을버스로 10분 정도 걸리는 거리여서 접근성이 좋다. 그러니 자취방도 고려대 앞보다는 성신여대 쪽으로 얻는 경우가 많다. 여대 앞은 원룸이든 하숙집이든 여성을 위한 방비에 더욱 특화된 경우가 많으며 늦은 밤에는 순찰차도 더 자주 다녀서 안전하다. 또한 학교와 조금 떨어진 동네는 뜻밖의 이점도 있다. 민낯에 고무줄로 머리를 질끈 묶은 채 운동화를 꺾어 신고 집 앞 편의점에 라면을 사러 가든, 만 원에 세 개짜리 브래지어를 떨이로 파는 매대에서 색색의 속옷을 골라 담든 남자 선후배나 동기를 우연히 마주칠 일 이 거의 없다. 들키지 말았으면 하는 모습이 지켜진다. 이처 럼 회사나 학교에서 너무 가까운 곳보다는 차라리 조금 떨 어져도 주변 환경과 인프라가 좋은 곳에 방을 얻는 게 더 좋다.

앞서 이야기했듯 자주 가는 곳이나 특별히 좋아하는 동 네에 집을 얻는 방법도 있다. 힙하고 쿨한 분위기가 넘치는 곳을 좋아한다면 홍대 주변을, 고즈넉한 동네 느낌을 원한 다면 북촌이나 서촌을, 서울 중의 서울에 살고자 한다면 강 남을…. 누군가에게는 퇴근 후와 주말에 동네에 머물면서 맛집도 탐방하고 예쁜 카페에서 시간을 보내는 게 제일 큰 행복일 수 있다. 물론 이런 동네는 누구나 다 좋아하기 때 문에 집값이 비싸다. 그러나 "싼 게 비지떡"이라는 오래된 말처럼 바꿔 말해 비싼 건 비싼 값을 하는 법이다.

교통비라도 아껴보고자 회사 바로 앞에 방을 구한 상황 을 생각해보자. 집에 있어도 어쩐지 직장생활의 연속인 것 만 같다. 문밖을 나서봤자 맛집이라고는 점심시간마다 직장 동료와 함께 간 식당이고, 예쁜 카페라고 해봤자 거래처와

미팅하던 바로 그 카페다. 그러니 나가는 대신 그저 침대 위에서만 뒹굴뒹굴 보내기 일쑤다. 멀리 가면 기분전환이 되겠지 싶어서 주말에는 지방으로 휴가 때는 해외로 여행을 간다. 그렇게 가기 시작한 여행이 쌓이면 지출이 만만치 않다. 교통비라도 절약하자는 처음의 의도가 무색하다. 그렇다면 차라리 해외만큼이나 예쁜 동네에서 살아보면 어떨까? 사진이 곧 화보가 되는 예쁜 카페, 음식 맛도 좋고 인테리어도 멋들어진 맛집이 즐비한 동네라면 일상이 곧 여행이다. 외국의 마을에서 한 달 살아보기가 유행하고 있는 지금 북촌에서 1년 살아보기, 강남에서 1년 살아보기도 싱글만이 즐길 수 있는 색다른 경험이다.

좀더 영리하게 1인가구 동네 찾기

그런데 직장과 가까운 곳, 살고 싶은 곳이라는 두 가지 변수 중 하나만 고르기 어렵다면? 두 마리 토끼를 모두 다 잡고 싶다면? 방법은 있다. 이 두 곳이 대중교통으로 편리하게 연결되는 곳으로 정하는 것이다. 회사는 강남에 있지만 홍대 거리에 살고 싶다면 홍대와 강남을 연결하는 지하철 2호선

동네를 정한다, 방향을 세운다

을 중심으로 집을 구하면 된다. 고려대로 통학을 해야 하지만 주말이면 언제나 이태원과 홍대 클럽을 배회한다면 그 모두를 연결하는 지하철 6호선을 중심으로 생각해보면 된다. 이렇듯 교통이 주효하다면 환승역 주변에 방을 구하는 것도 방법인데 이러한 수요에 맞추어 역세권에는 원룸과 오피스텔을 비롯한 청년임대주택도 많이 들어서고 있다.

무언가 확실히 '비빌 언덕'이 있는 곳에 집을 구하는 것도 방법이다. 독립을 하긴 하되 본가와 가까운 곳, 또는 결혼한 언니나 오빠 집 근처에 집을 구하는 것이다. 갑자기 무슨 일이 생겼을 때는 역시 가족만 한 게 없기 때문이다. 또 쏠쏠히 반찬을 얻어다 먹을 수도 있고 힘 쓸 일이 필요할 때에는 형부나 오빠의 도움을 받을 수도 있다.

그런데 이 비빌 언덕이라는 게 꼭 가족만 되는 건 아니다. 든든하기만 하다면 무엇이든 좋다. 이를테면 근처에 구청이나 구민회관이 있어서 도서관과 체육관을 비롯한 문화시설을 이용할 수 있다든지, 코앞에 큰 공원이 있어 그곳을 거의 내 집 마당처럼 이용할 수 있다든지, 이런 게 다 1인 가구 입장에서는 비빌 언덕이 된다.

이런 맥락에서 커다란 아파트 단지가 옆에 있다는 것은 아주 큰 이점이다. 잘 조성된 단지 내 시설을 이용할 수 있으니까. 더욱이 최근에 지어지는 브랜드 아파트들은 단지 내 공용시설을 설계 시 중점사항으로 여긴다. 잘 꾸며진 조경과 산책로, 커뮤니티 시설이 있으며 또한 슈퍼마켓, 세탁소, 반찬가게, 부동산 등 모든 편의시설이 아파트 입구에 몰려 있기 때문에 편리하기로는 최고다. 대단지 브랜드 아파트가 비싼 이유는 그 모든 것을 다 이용할 수 있는 비용도 포함되어 있기 때문이다. 그러니 그 주변 원룸, 투룸에 산다면 아파트보다 저렴한 집세를 내면서도 그 시설을 모두 이용할 수 있다는 장점이 있다.

경우에 따라서는 대학 주변에 방을 구하는 것도 생각해볼 수 있는 대안이다. 출신 대학 근처에 산다면 지리도 익숙하고 학교시설도 이용할 수 있어 편리한데, 출신 학교가 아니어도 대학가 주변에는 여러 장점이 있다. 우선 고시원과 원룸, 하숙, 셰어하우스에서 오피스텔까지 혼자 사는 사람을 위한 다양한 주거공간 스펙트럼이 존재한다. 1인가구는 외식 비율이 높은데 (학생들을 상대로 하는 탓에) 저렴한 데다 혼밥이 가능한 식당이 많다. 또 스터디카페, 헬스클럽, 미용실, 빨래방 같은 업소들이 골고루 들어서 있으며 또 비교적 저렴한 가격대로 운영된다. 원룸 이사, 원룸 청소 등 1인가구 수요에 맞춘 서비스업도 쉽게 볼 수 있다. 무엇보다 학생이 많이 살기 때문에 동네 분위기가 험악하지 않고 집주인이 말도 안 되는 억지나 횡포를 부리는 일도 거의 없다. 혹시라도 누가 부당한 일을 당하면 학생들 사이에 금세 소문이 돌아 그 동네에서 계속 세를 놓기 어렵기 때문에 집주인도 조심하는 편이다. 아울러 1년이나 한 학기 정도의 단기 계약도 가능하다.

동네 인프라 체크리스트

동네를 정해 집을 구했다면 이제 집 주변에 무엇이 있는지 차분하게 둘러볼 차례다. 있으면 좋은 시설, 그래서 그 위치를 파악해두어야 하는 시설은 다음과 같다.

지하철역·버스정류장

가장 중요한 시설이라 하겠다. 역이나 정류장에서 내려 집까지 걸어가는 길이 안전한지 지나치게 멀거나 외지지는 않은지 살펴야 한다. 골목길이 너무 어두우면 구청이나 주민센터에 민원을 넣는 게 좋다. 검토 후 가로등을 설치해준다.

파출소·편의점

한밤중에도 불이 켜져 있는 파출소와 편의점은 오아시스와
도 같은 존재다. 혹시라도 무슨 일이 생겼을 때 얼른 뛰어
들어가 도움을 요청할 수 있다. 편의점은 1인가구에게 여
러모로 유용한데, 이것저것 간단한 물건을 사기도 좋고 또
가볍게 한 끼를 때울 수도 있어 편하지만 무엇보다 밤새도
록 불이 환하게 켜져 있어 집 근처에 있으면 안전감을 준다.
특히 여성안전지킴이 표시가 되어 있는 편의점은 인근 파
출소와 곧바로 연락이 가능하다.

주민센터·구청

집 주변 공공시설은 기본적으로 알아두어야 한다. 아울러
도서관이나 구민회관이 있으면 편리하다.

마트·시장·백화점

아무리 집 근처에 편의점이 있다 해도 모든 것을 다 편의점

에서 살 수는 없다. 역시 가격이 비싸기 때문이다. 그래서 주기적으로 장을 보기 위해서는 마트나 시장이 멀지 않은 곳에 있어야 한다. 백화점도 장을 보기에 좋다. 백화점 지하의 식품 코너는 조금 비싸기는 해도 다양한 구색의 상품이 있고 또한 마감 시간에 맞춰 가면 신선식품을 싸게 살 수 있다. 아울러 세일 기간에 가면 좋은 물건을 저렴하게 득템할 수 있는 기회가 된다.

병원

살다 보면 갑자기 아프거나 다치는 일이 한 번쯤은 생긴다. 특히나 한밤중에 아프면 응급실에 가야 하기 때문에 가까운 곳에 대형병원이 있으면 안심이 된다. 집에서 가장 가까운 가정의학과의원이 어디인지 알아두는 것도 좋다. 감기를 비롯한 소소한 질병은 물론 때로 사후피임약이나 기타 의사의 처방전이 있어야만 구매할 수 있는 약의 처방전을 받기 위해서라도 가정의학과의원의 위치는 꼭 알아두자.

학교

학교가 근처에 있는 것이 의외로 안전할 때가 있다. 학교 주변에는 술집과 유흥업소, 모텔 등이 들어올 수 없기 때문에 동네 주변이 깔끔하게 유지된다. 또 어둡거나 으슥한 골목길에는 가로등을 설치해준다. 사회적 문제로 떠오른 학교폭력을 방지하기 위해 경찰이 주기적으로 순찰을 돌기 때문에 불량배도 덩달아 정리가 된다.

기타

그 밖에 밤이나 휴일에도 간단히 한 끼를 때울 수 있는 밥집과 도시락집, 새벽까지 끊어지지 않는 대중교통 노선, 집밖을 나서면 바로 있는 슈퍼, 새벽 배송 서비스를 해주는 마트(이런 서비스가 모든 지역에서 가능한 건 아니다) 등이 있는지도 따져보자.

2009년 어느 신문에 여성 1인가구 비율이 높은 서울 강남구에 흔히 '대신맨'이라 부르는 특별한 서비스 업체들이 생기고 있다는 기사가 실렸다. 이 특별한 서비스는 10여

년이 지난 지금 더욱 성업 중이다. 가구를 조립해야 하거나 변기가 막혀 뚫어야 할 때, 컴퓨터가 갑자기 먹통이 되었을 때, 한밤중에 머리가 아픈데 두통약이 없을 때, 설거지가 너무나 하기 싫을 때 등등 대개 동생에게 시킬 법한 일들을 대신해주는 생활밀착형 잔심부름 중개업체가 인기다. '애니맨', '도와줘', '김집사', '짬짬이서울' 등등 이 업체들은 앱을 통해 온라인으로 간편하게 이용자와 수행자의 거래를 중개한다. 비용도 1~2만원 정도로 저렴하다. 주요 고객은 여성, 1인가구, 워킹맘.

미루기 쉬운 부엌 청소나 혼자서는 당최 엄두가 안 나는 대청소를 해야 할 때 '청소연구소', '대리주부', '아내의 휴일' 같은 가사도우미 업체(앱)를 이용하는 것도 이제는 흔하다. 이런 서비스는 1인가구가 많이 모여 사는 지역에 집중되어 있다. 만일을 대비해 이런 서비스가 가능한 동네인지 체크해두는 것이 좋다.

반면에 있으면 곤란한 시설, 주의해야 할 사항도 있다. 관리가 제대로 되지 않는 공원이나 놀이터, 으슥한 공터가 있는 곳은 위험하다. 공원은 양날의 검이라고 할 수 있는데, 집 주변에 공원이 있으면 산책이나 운동을 하기에 좋지만 규모가 큰데도 제대로 관리가 되지 않고 있다면 밤에 노숙자가 몰려들거나 여러 가지 말썽이 생길 수 있다. 마찬가지로 너무 외진 데에 있는 놀이터나 으슥한 공터도 밤이 되면 위험한다. 주변에 술집이나 유흥업소가 많은 것도 좋지 않다. 그래서 집을 구할 때는 우선 낮에 한번 가서 본 뒤 마음에 들면 저녁에 다시 한번 가서 낮과 밤에 따라 분위기가 어떻게 바뀌는지를 살피는 게 중요하다. 낮이나 밤이나 한결같은 동네가 있는가 하면 야누스처럼 돌변하는 동네도 가끔 있다.

2인가구의 동네 정하기: 확실한 기준

1인가구라면 직장 근처나 좋아하는 동네에 집을 구하면 되는 간단한 문제가 2인가구가 되면 조금 복잡해진다. 더구나 결혼으로 꾸려진 2인가구라면 여러 변수가 등장하면서 문제는 훨씬 복잡해진다. 아내의 회사와 남편의 회사, 그리고 처가에 시가까지 이 네 가지 변수가 만들어내는 고차방정식을 풀어야 하기 때문이다. 수학적 해법으로는 네 지점에서 동일한 거리로 떨어져 있는 제5의 장소를 찾는 것이 방법일 거 같지만 현실적으로는 아내의 직장이나 처가 근처에 집을 구하는 게 유리하다.

왜? 이것은 집안일을 누가 더 주도적으로 담당하는가 하는 문제와 직결되기 때문이다. 아무리 가사분담을 한다고 하지만 모든 일을 반반씩 정확히 분담하는 건 불가능하고 결국 어느 한쪽에게 무게중심이 쏠리기 십상이기 때문에 그 한쪽 위주로 생각해야 한다는 것이다. 특히나 결혼 후 맞벌이를 계속해야 한다면 아내의 직장 근처에 집을 구하는 게 가장 좋다. 이는 근로 조건을 대하는 남녀의 차이를 봐도 알 수 있다.

여기 두 회사가 있다고 치자. A회사는 높은 보수, 정년 보장, 고용안정성, 승진기회 등 대우가 모두 좋지만 야근이 많고 업무 강도가 높은 편이다. 반면에 B회사는 낮은 보수에 정년을 보장할 순 없지만 일이 쉬운 편이고 사내복지도 좋다. 또한 A회사는 집에서 멀리 떨어져 있어서 출퇴근에 한 시간이 넘게 걸리고 B회사는 집에서 매우 가까워 15분 정도면 오갈 수 있다. 이런 경우 남성이라면 A회사를 택할 확률이 크다. 그러나 여성이라면, 특히 아이를 낳아 키우는 기혼여성이라면 B회사를 택하는 경향이 높다. 즉 높은 보수와 정년, 승진이 보장된다면 여타 상황이 열악해도 남성은 그 직장을 다니지만 여성은 보수나 정년, 승진보다는 근무 환경이 더 나은 직장을 선호한다(물론 이런 경향은 변화하고 있다). 이는 남성의 경우 사회적으로 요구되는 가족부양 의무가 (여전히) 더 큰 반면 여성에게는 가사와 육아 부담이 (아직) 더 크기 때문이다. 그렇기 때문에 남자는 직장이 좋으면 아무리 멀어도 다니지만 여성은 직장이 아무리 좋아도 너무 멀면 포기하고 대신 조금 낮은 조건의 다른 곳을 택하는 경우가 생긴다.

이는 저소득층, 비정규직 일자리의 문제만도 아니다. 전문직 여성 역시 직장 근처에 집을 얻는 경향이 강하다. 즉 여성은 비정규직이든 전문직이든 직장과 주거지가 근접해 있는데 이러한 지역밀착성은 여성 노동의 주요 특징 중 하나다. 그러니 맞벌이 가정의 경우 아내의 직장 근처에 집을 얻는 게 합리적이고 또한 마찬가지 이유로 시가와 처가 중에서는 처가 근처에 집을 얻는 게 좋다. 쏠쏠히 반찬을 얻어먹을 때나 아이를 낳아 기를 때 여자 입장에서는 친정에 손을 벌리는 것이 훨씬 편하기 때문이다. 아내 직장과 남편 직장의 중간에 위치한 동네를 생각하는 경우도 많지만 두 마리 토끼를 다 잡으려다 이도 저도 아닌 게 되니 어느 한쪽을 밀어주는 게 좋다. 그러니 둘 중에 누가 더 가사를 많이 책임지는가 여부에 따라 그 사람의 직장이나 본가 근처에 집을 구해야 한다.

맞벌이 2인가구의 집
어디가 좋을까?

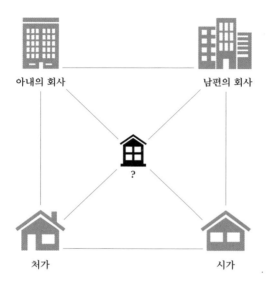

아내의 회사

남편의 회사

?

처가

시가

나의 집은 백만 평

집을 구할 때는 생각보다 동네가 중요하다. 특히 1인가구나 신혼부부, 사회 초년생일수록 주변 환경과 인프라가 중요하다. 사람은 혼자 살아갈 수 없는 존재다. 1인가구라 해도 그저 집 안에서 혼자 사는 게 아니라 동네와 느슨하게 얽힌 관계로 살아가기 때문이다. 4인가구를 너머 할아버지, 할머니에 고모, 삼촌까지 모여 사는 대가족이라면 경치 좋은 전원에 그림 같은 집을 지어놓고 얼마든지 살 수 있다. 하지만 혼자 사는 사람은 여러 가지 사회 서비스를 받을 수 있는 도심에 살아야 한다.

고 노무현 대통령이 퇴임 후 살았던 봉하 마을의 사저는 고향에 지어진 그림 같은 집이었다. 실제로 그곳을 방문해본 적이 있는데 상당히 외진 곳에 자리한 조용하고 아름다운 시골이어서 상업시설이라고는 마을 입구에 있던 구멍가게 하나와 식당 두어 개가 전부였다. 하지만 가족 외에도 수행원과 비서 등 많은 식구가 딸려 있었으니 그 집에서 사는 데에는 크게 불편하지 않았을 것이다.

그런데 그 주택을 설계한 건축가 고 정기용은 서울시 종로구 혜화동의 조그만 다세대주택에서 살고 있었다. 대통령의 사저를 설계할 만큼 저명한 건축가였음에도 정작 그가 사는 집은 그림 같은 별장도 강남의 초고층 아파트도 아닌 의외다 싶을 정도로 평범한 다세대주택이었다. 그럼에도 그는 언제나 "나의 집은 백만 평"이라 말했다. 대학로와 성균관대가 가까이 있기 때문이라면서. 아침에 일어나면 서울성곽길과 성균관대 근처를 산책할 수 있었다. 저녁이 되면 대학로 맛집과 카페에서 시간을 보낼 수 있었고 주말에는 마로니에공원에서 길거리 공연이나 버스킹이 벌어졌다. 그는 과거와 현재가 공존하는 공간 속에 살고 있어서 조그만 다세대주택을 좁다고 여길 틈이 없다고 했다. 집이 아무리 넓어도 몸을 누이는 곳은 고작 침대 하나이듯, 집이란 씻고 자고 먹고 쉬는 행위를 할 수 있는 최소한의 공간만 있으면 된다는 게 그의 지론이었다. 그에게 성균관대와 마로니에공원이 있는 대학로는 가장 든든한 비빌 언덕이었던 모양이다.

나도 마찬가지다. 지금 이 동네에 집을 얻은 건 바로 이곳의 학교를 오래 다닌 탓에 주변을 속속들이 알고 있고, 지금도 소정의 연회비를 내면 대학도서관과 스터디룸을 이용할 수 있어서다. 글을 쓰는 직업을 가진 탓에 책을 여러 권 빌려 보아야 하는데 지척에 도서관이 없었다면 매우 불편했을 것이다. 내게 학교는 비비는 정도가 아니라 아예 드러누워도 될 만큼 넓은 언덕이다. 그러니 나 역시 나의 집은 백만 평이라고 감히 말할 수 있다. 도서관에서 책을 빌릴 수 있으니 저곳은 나의 서재이고, 저녁에는 캠퍼스에서 산책을 할 수 있으니 저곳은 나의 마당이다. 언제라도 달려가면 밥을 먹을 수 있는 학생식당은 나의 부엌이고 학교 앞에 즐비하게 늘어선 카페는 나의 거실이다. 이렇게 넓은 집을 어디서 다시 구할 수 있을까. 나의 집은 백만 평이다.

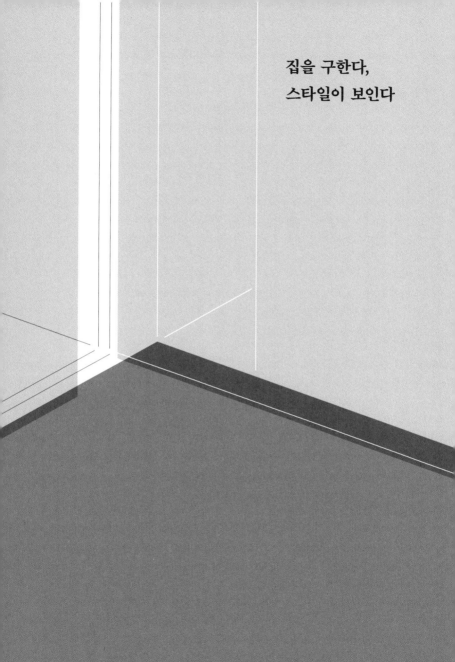

집을 구한다,
스타일이 보인다

셰어하우스(여학생만) 월세 35

고시텔 월세 500/40

오픈형 원룸 월세 1000/50

고시원 월세 24~40

반지하 전세 6000

옥탑방 월세 1000/40

부동산 정보 앱을 열고 근처의 방을 알아본다. 뒤에 붙은 숫자가 보증금과 월세를 바로 보여준다. 전세보단 월세가 많다. 그런데 고시원, 고시텔, 셰어하우스, 원룸은 무슨 차이가 있는 걸까? 매물 정보 위의 사진들을 넘겨본다. 열린 문 안으로 보이는 조그만 방, 비슷비슷한 옵션 배치, 한구석에 장난감처럼 작은 부엌이 있거나 또는 없거나. 그렇게 앱 속의 매물들을 한참이나 구경했다. 언뜻 고만고만해 보이지만 그 방들은 확실한 차이가 있었다.

집을 구한다. 스타일이 보인다

도시에서 가장 저렴한 집, 고시원

집을 구할 때는 돈이 있어야 하는데 모아놓은 돈이 그다지 많지 않아서 전세는 고사하고 월세보증금조차 마련하지 못할 때 우선 생각할 수 있는 집, 바로 고시원이다. 보증금을 마련할 필요 없이 매달 30~40만 원씩 월세만 낼 수 있으면 당장이라도 방을 구할 수 있다.

지옥고라는 말이 있다. (반)지하, 옥탑방, 고시원을 합쳐 부르는 신조어다. 지옥고라는 말이 주는 어감이 그렇듯 고시원은 사람이 살기에 그리 좋은 형편이 못 된다. 그도 그럴 게 고시원은 본래 주거시설이 아니었다. 처음 등장한 건 1980년대다. 그때 공부하는 중고생들은 사설 독서실을, 대학생들은 주로 고시원을 이용했다. 고시원은 이름처럼 행정고시나 외무고시, 사법고시 등 주로 고시 공부를 하는 학생들이 찾았다. 칸막이 책상만 설치되어 있던 독서실에 비해 고시원은 집중도를 높이기 위해 얇은 베니어합판으로 벽을 구획해 개실 형태로 운영되었고 간단한 침구나 간이침대를 두어 밤이 늦으면 잠을 잘 수 있게 했다. 이처럼 고시원은 주거시설이 아닌, 말하자면 쪽잠을 잘 수 있는 학습공간에서 출발했다. 지금도 고시원 하면 떠오르는 이미지, 즉 입구에 유리 칸막이로 된 조그만 사무실이 있어 총무가 상주하고, 층이 남녀로 구분되어 있으며, 벽돌이 아닌 얇은 베니어합판으로 벽을 만든 데다, 책상 하나를 놓으면 꽉 찰 정도로 방이 좁고, 복도 끝에 공동화장실이 있으며, 그 복도에 정수기가 놓여 있는 등등 이런 형태는 본래 고시원이 확장된 독서실에서 유래하기 때문이다.

하지만 이런 고시원은 이제 고시생보다는 외국인 노동자나 불법체류자, 일용직 근로자의 숙소로 이용되고 있다. 보증금 없이 저렴한 가격으로 묵을 수 있다 보니 가장 낮은 등급의 열악한 숙박업소가 되고 만 것이다. 대신 요즘은 과거의 닭장형 고시원 대신 조금 고급화된 고시원이 등장하고 있다. 가장 불편했던 공용화장실과 공용샤워실이 사라지며 개인욕실이 개실로 들어왔고, 면적도 조금 넓어졌으며, 옆방과의 방간 소음을 피하기 위해 베니어합판 대신 벽돌 벽을 쌓고 있다. 또 경우에 따라 공용주방을 없애고 조그만 냉장고와 전자레인지를 개실 안에 설치하기도 한다. 이처럼 개인화장실과 개인냉장고를 갖춘 경우에는 그 환경이 모텔과 비슷해서 고시텔이라 부른다. 한국의 도시에서 고시원, 고시텔은 보증금 없이 가장 저렴하게 거주할 수 있는 집이다.

고시원은 환경이 그다지 좋지 않지만 그나마 학교 앞에 있는 경우에는 학생들이 거주하기 때문에 양호하다. 옆방에 불법체류자나 유흥업소 종업원이 있으면 기존에 살던 학생들이 이탈할 염려가 있기 때문에 집주인이 사람을 깐깐하게 가려 받는 편이기 때문이다. 고시원의 장점이라면 보증금이 없다는 것 외에 전기세, 수도세, 난방비가 전혀 들지 않는다는 점이다. 모든 비용은 월세에 포함되어 있고 공동주방이 있는 곳이라면 밥과 김치가 무료로 무한 제공된다. 밑반찬 한두 개에 국만 있으면 언제라도 공짜밥을 먹을 수 있으니 식비를 아낄 수 있다.

그럼 지옥고의 나머지 둘, 반지하와 옥탑방은 어떻게 해서 생겨나게 되었을까.

건축법상 사람이 거주하는 '방'은 지하에 만들지 못하도록 되어 있어서 창문 하나 없는 캄캄한 지하실에 사람이 사는 건 불법이다. 그런데 지상과 지하에 반쯤 걸쳐진 방은 지상의 방일까, 지하의 방일까? 경사지가 많은 우리나라의 지형 특성상 이런 경우가 더러 생기는데, 방의 전체 높이 중에서 절반 이상이 지상에 나와 있기만 하다면 지상의 방으로 간주해 합법이 된다. 반지하는 이렇게 탄생했다.

옥탑방도 마찬가지다. 옥상에 사람이 거주하는 방을 만드는 것 역시 원칙적으로는 금지사항이다. 불법이다. 이처럼 지하와 옥상에 사람 사는 방이 있는 것을 법으로 금지하는 이유는 사람이 사람답게 살기 위한 기본적인 주거권[6]을 보장하기 위해서다. 법적으로 옥상에 둘 수 있는 건 전체 옥상 면적의 8분의 1 이하에 해당하는 창고나 물탱크실 정도다. 그래서 처음 집을 지을 때 옥상에 창고 용도의 조그만 방을 만든 뒤 준공허가를 받고 난 후에 이 창고를 사람이 지낼 수 있는 방으로 개조한 게 옥탑방이다. 또는 물탱크실 용도로 지었다가 나중에 물탱크를 밖으로 빼내고 방으로 개조하기도 한다. 주거지역에서 주택을 지을 때는 용적률[7] 제한을 받기 때문에 집을 2층까지만 지을 수 있는 경우가 많다. 그래서 허가를 받을 때는 2층집으로 지어놓고선 이후에 지하실을 반지하방으로 만들고 옥상 창고를 옥탑방으로 개조해 '반지하, 1층, 2층, 옥탑방'까지 이어지는, 사실상 4층집을 만드는 것이다.

이처럼 반지하와 옥탑방은 건물주나 집주인이 세를 많이 받기 위해 주택에 억지로 방을 늘리면서 등장했다. 이 둘은 불법과 편법의 교묘한 경계에 있는 집이고 그만큼 불편한 점도 많다. 일단 반지하는 여름에 몹시 습기가 차는데다 장마철에 갑자기 물이 불어날 경우에는 (특히 낮은 지대에 있는 주택이면) 침수될지도 모른다는 걱정을 안고 살아야 한다. 무엇보다 반지하의 창은 외부에서 보면 지면과 매우 가까운 위치에 뚫려 있기 때문에 이 창을 통해서 외부인이 방을 들여다볼 수도 있다(이는 주거침입이나 절도, 성범죄로 이어질 수 있다. 여자 혼자 사는 경우라면 1인가구라는 게 알려지지 않는 게 좋다). 또 취객이나 동네 수캐가 창에다 소변을 보고 가는 일도 가끔 있다.

옥탑방은 단열이 잘되지 않기 때문에 여름과 겨울에 무척 덥고 무척 춥다. 또한 건물을 다 지은 뒤 나중에 추가로 증축한 것이기 때문에 옥탑방으로 올라가는 계단이 철제로 얼기설기 가설된 경우가 많아 위험하고 당연히 방범, 보안에도 취약하다. 또한 건물이 경매에 넘어갔을 때(임대인, 즉 집주인이 파산을 해서) 보증금을 떼일 위험이 있다. 불법으로 증축한 옥탑방이라면 임차인 등기가 불가능해서 세입자에게 대항력이 없기 때문이다.

그나마 옥탑방의 장점으로는 옥상의 공간을 내 마당처럼 쓸 수 있다는 점, 그래서 거기에서 가끔 바비큐 파티도 열 수 있다는 점인데, 현실은 드라마 속에서 묘사되는 것처럼 그렇게 낭만적이지 않다. 지.옥.고. 흔히 가장 열악한 주거라고 일컫는 이 집들의 공통점은 본래 사람이 살도록 만든 주거공간이 아니라는 점이다. 고시원은 고시 공부를 하기 위한 독서실, 반지하는 지하실을 개조한 방, 옥탑방은 옥상 창고를 개조한 방이다. 본래 집이 아닌 것을 집으로 전용하다 보니 많은 문제점이 생길 수밖에 없다.

다시 등장한 공유주택, 셰어하우스

최근 서울 강남을 비롯한 부촌에 셰어하우스가 생기고 있다. 강남이라는 인프라는 누려보고 싶지만 혼자서는 비싼 월세가 감당이 안 되는 사람들이 대개 이 셰어하우스를 이용한다. 강남의 정원 딸린 집에서 살아보기가 보통의 사람들에겐 쉽지 않다는 점을 이용해 새로 지어진 집을 매입해 셰어하우스로 변경해 운영하는 업체가 생겨나고 있다.

하지만 셰어하우스가 근래의 유행은 아니다. 원래 있었지만 요즘 들어 새롭게 유행하는 주거형태이자 주거문화다. 셰어하우스는 보통 대학 주변에 여학생 전용으로 운영되는 경우가 많다. 단독주택 한 층이나 아파트 한 채에 서너 명이 거주하는 형식이다. 즉 집주인이 집이 아닌 방을 한 칸씩 세놓은 것이다. 혼자서 반지하나 옥탑방에 세 들어 사는 게 불안하거나 불편한 탓에 이런 대안이 나왔다. 한 집에서 또래의 학생들끼리 같이 살면 심심하지도 않고 친구도 사귈 수 있어 좋을 수 있다. 다만 원래 한 가구가 살도록(그게 1인 가구든 4인가구든) 지은 집을 여러 가구가 살도록 방별로 쪼개서 세를 놓다 보니 거실과 주방, 화장실을 함께 사용하며 수시로 마주치는 상황에 놓인다. 같이 사는 사람이 모두 착하고 마음에 맞는 사람들이라면 금상첨화겠지만 이런 행운은 좀처럼 찾기 힘들다. 아무리 친한 친구라도 여행을 다니며 함께 지내다 보면 다툴 때가 있는데 하물며 타인이고 잠깐의 여행이 아니라 일상이다. 그러니 화장실과 주방, 세탁기, 거실에 있는 공용 TV를 쓰는 문제나 설거지, 청소 같은 소소한 일들로 은근히 많이 싸우게 된다. 이럴 때 누군가 확실히 질서를 잡아줄 사람이 없으면 집도 생활도 엉망진창이 되어버리기 쉽다. 그래서 군기 반장 역할을 하는 사람이 필요한데 때로 군기가 너무 세면 그것도 그것대로 힘들어진다.

셰어하우스 중에는 집주인이 안방을 쓰고 나머지 방 2개를 셰어하우스로 내놓는 경우도 있다. 주로 혼자 사는 아주머니가 빈방을 놀리기 아까워서 여학생들에게 세를 주는 건데 자연스레 군기 반장이 생긴다는 점은 좋지만 집주인이 관리를 넘어 간섭을 하기 시작하면 이 또한 불편해진다. 예전에 서울에도 한옥이 많던 시절에는 방별로 세를 주는 집이 많았다. 그런 방을 단칸 셋방이라고 했다. 20~30년의 시간이 흐른 지금 그때의 셋방이 셰어하우스로 재등장한 느낌이다. 그런데 한옥에서 셋방살이를 하는 것보다 아파트에서 셰어하우스를 하는 게 훨씬 더 불편하다. 한옥은 가운데 마당을 두고 있어서 각 방에 어느 정도 독립성이 지켜진다는 장점이 있다. 안방에서 문간방으로 가려면 마루에서 신을 신고 마당을 지나 문간방 앞에서 다시 신을 벗어야 한다. 마당을 사이에 두고 신을 신고 벗는 행위가 일어남으로써 어느 정도 영역이 분리되고 독립성이 보장되지만 거실을 중심으로 방과 부엌, 화장실이 맞붙은 아파트에서는 그런 영역 분리가 모호하고 독립성이 보장되지 않는다. 그래서 예전 셋방살이 시절에는 안채에 집주인 가족이 살고 아랫방에는 신혼부부, 문간방에는 학생이나 직장인이 혼자 사는 것이 가능했지만 요즘의 아파트 셰어하우스는 대개 학교 주변에서 여학생끼리, 남학생끼리 모여 사는 형태가 많다.

화장실과 주방이 딸린 방, 원룸

원룸은 방 하나에 화장실과 주방이 딸린 1LDK 구조로 우리나라에서 1인가구가 가장 많이 거주하는 주거형태다(건축법상 용어가 아니라서 정확한 통계 수치는 알 수 없다). 원룸도 건축상 몇 가지 종류가 있다. 처음부터 원룸 건물로 신축한 경우가 있는가 하면 1~2층에는 상가가 있고 3~4층에는 원룸이 있는 경우가 있다. 또 다가구주택의 자투리 공간에 원룸이 들어선 경우, 단독주택을 원룸으로 개조한 경우도 있다. 그중 애초에 원룸 건물로 지어 올린 건물은 현관 도어락을 비롯해 엘리베이터, 복도 CCTV가 설치되어 있어 1인가구가 살기에 여러모로 편리하다.

원룸이 앞서 본 고시원, 셰어하우스와 다른 점은 일단 개별 주방이 설치되어 있다는 것과 그와 함께 보증금도 붙는다는 것이다. 혹시라도 세입자가 방세를 몇 달 미루다가 도망가는 경우를 방지하고 화장실이나 주방 설비를 망가뜨렸을 때 훗날 수리비를 청구하기 위해서다(보증금에서 수리비를 제하고 돌려주는 식). 또한 월세 말고도 전기세, 수도세, 난방비를 사용한 만큼 내야 하고 집주인이 관리비를 따로 받는 경우도 있어서 고시원보다 훨씬 많은 비용이 들어간다. 다만 부엌이 있기 때문에 식비는 절약할 수 있다.

개별 주방이 있다는 건 장점이지만 여기에도 불편한 점은 있다. 건축 구조상 주방은 출입구 근처에 놓이는 경우가 많은데 설거지를 제때 하지 않으면 문을 열자마자 바로 산더미처럼 쌓인 그릇을 마주해야 한다. 심지어 이 주방이 화장실과 맞붙어 있는 경우도 많다. 건축 공정상 물을 쓰는 공간들은 가까이 놓아야 하기 때문인데, 좁은 집에서 화장실과 주방이 너무 붙어 있으면 화장실에서 밥을 지어 먹는 듯한 느낌을 받을 수 있다. 또한 원룸의 구조적 특성상 양

방향 환기가 쉽지 않기 때문에 음식을 조리하는 중에 발생하는 냄새가 온 방에 퍼져 그 냄새가 쉽게 빠지지 않는다. 생선구이나 돼지갈비를 해 먹은 날에는 음식 냄새가 옷에 배어 며칠을 간다.

원룸은 집에 있어야 할 모든 공간이 방 하나에 들어차 있고 대개 주방, 침실(침대), 작업실(책상), 욕실 네 영역으로 나뉜다. 그래서 이 영역을 가를 가구 배치가 무척 중요하다. 특히 좁은 원룸의 경우 배치를 잘못하면 주방과 침대가 너무 가까워 부엌에서 잠을 자는 느낌이 들 수 있고, 주방과 책상이 너무 가까우면 부엌에서 공부하는 듯한 기분이 들 수도 있다. 주방과 침실만이라도 구분해 쓸 수 있도록 한 분리형 원룸(1.5룸)은 이러한 원룸의 불편함을 개선한 형태라 할 수 있다.

1LDK 구조와 가구 배치의 좋은 예

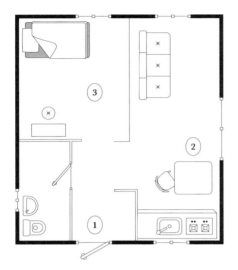

1 현관문을 열었을 때 주방과 화장실이 바로 보이지 않는 게 좋다.

2 주방과 침실은 너무 가깝지 않은 게 좋다. 주방과 화장실도 마찬가지다.

3 침실과 주방, 침실과 작업실의 영역을 가를 수 있게 가림막을 달거나 소파 같은 가구로 영역을 나누면 좋다.

어쩌면 빌딩공동화, 오피스텔

1인가구가 가장 살기 편한 집은 오피스텔이 아닐까. 대개 도심의 번화가나 역세권에 위치하며 세련된 외관에 주차장을 비롯해 다양한 인프라가 마련되어 있으니까. 전세나 월세로 거주하지만 집주인은 별도의 곳에서 생활하기 때문에 마주칠 일이 없고, 아파트에 비해 조금 좁은 게 흠이지만 상대적으로 주거비가 저렴하다는 점 역시 오피스텔의 장점이다.

오피스텔은 '오피스office+호텔hotel'의 합성어로 본래 사무용으로 지어졌으며 이후에 주거기능이 추가된 것이다. 그런데 도시의 주택난이 심하다 보니 또 하나의 대안적 주거가 되었다. 요즘은 주거용 오피스텔이라 해서 오피스텔을 아예 아파트 대용으로 생각하는 사람도 있지만 건축법상 주거시설이 아닌 업무시설이기 때문에 몇 가지 단점도 있다. 일단 상업용 부동산이라 아파트에 비해 전용면적[8]이 작고 관리비가 비싸다.

오피스텔을 거주할 집으로 구할 때는 위치 말고도 주변 분위기를 중요하게 봐야 한다. 예를 들어 옆집에 사는 사람이 그곳을 사무용으로 쓰는지 주거용으로 쓰는지 살펴봐야 한다. 입주자 90% 이상이 사무용으로 쓰고 있는 오피스텔을 주거용으로 쓸 경우 저녁이 되면 모두 퇴근하고 텅 빈 건물에 혼자 남는 일이 생긴다. 이는 실제로 도시가 안고 있는 문제와 이어진다. 20세기 들어 도심공동화 현상은 사회 문제로 떠올랐다. 이는 도심이 업무지구가 되면서 고층의 오피스 건물이 들어서고 주택지가 없어지는 현상을 뜻한다. 그 결과 밤이 되면 근로자가 모두 떠나고 도심이 텅텅 비면서 노숙자가 몰려들거나 범죄가 발생하기 쉬워진다. 이 상황을 오피스텔 공간으로 축소해서 보면 어떨까. 사무용 오피스텔을 홀로 주거용으로 사용할 경우 말하자면 '빌딩공동화' 현상을 겪을 수 있다. 커다란 건물 안에 사람이 없다는 건 아무래도 불안한 일인 데다 겨울에는 밤에 몹시 추울 수 있다. 아파트 같은 공동주택은 난방을 하지 않아도 윗집과 아랫집, 그리고 양쪽 옆집에서 하는 난방이 미약하게나마 온기로 전해진다. 하지만 모두가 퇴근해버리는 업무용 오피스텔에서는 그 온기를 느낄 수 없고 난방을 많이 하더라도 그 온기가 사방으로 날아가 열효율이 떨어진다. 또한 오피스텔이 성매매 업소로 사용되는 경우도 있다. 대로변에 자리 잡아 위치도 좋고 교통도 편리하며 시설이 좋은 데다 외관이 세련된 오피스텔이라면 더러 그런 경우가 있으므로 주의해야 한다.

오피스텔은 본래 사무용 공간으로 설계된 곳이다 보

니 일반 주택에서는 볼 수 없는 특이한 형태도 나오는데 바로 복층형 오피스텔이다. 아파트의 층고(층과 층 사이 높이)는 2.25~2.30m인 경우가 많지만 사무용 오피스텔은 층고가 2.7~3m까지 나온다. 이때 3m 높이의 층고를 일부만 반으로 가로질러 만든 게 복층형 오피스텔이다. 물론 완전히 절반은 아니고 1.2m와 1.8m, 또는 1m와 2m로 나눠 아래층에는 간이 주방을 넣고 계단으로 이어진 위층에는 여분의 공간을 둔다. 당연히 이런 구조는 좁은 면적을 넓게 쓸 수 있다는 장점이 있다. 낮에는 1층을 거실이나 작업실처럼 쓰다가 밤이 되면 2층으로 올라가 잠을 자는 식이다.

하지만 여기에도 몇 가지 문제가 있다. 층고가 3m나 되면 천장이 너무 높게 느껴지는데 이러면 아늑한 느낌이 없어 잠이 잘 오지 않을 수 있다. 그러니 1층에서는 숙면을 취하기 어려울 수 있는데 2층도 편치 않은 건 마찬가지다. 2층은 천장이 너무 낮다는 게 문제다. 4m를 반으로 잘랐다면 괜찮았을 것이다. 하지만 3m를 나누다 보니 낮은 쪽은 1m 내외가 될 수밖에 없다. 우리나라 20~30대 여성의 평균 키가 161~163cm인 것을 감안할 때 그 정도라면 도저히 서 있을 수가 없다. 2층에 올라가는 순간 무릎을 구부리고 기어야 한다. 누워서 잠만 자는 곳이니 어떠랴 싶어도 잠결에 무심코 일어났다가 머리를 부딪치는 일이 수시로 벌어지고 자칫 가파르고 좁은 계단을 내려오다 다칠 수도 있다. 그래서 복층으로 지은 오피스텔에 산다면 2층은 물건을 두는 창고 용도로 쓰고 사람이 생활하는 공간으로는 활용하지 않는 게 낫다.

좀더 집다운, 빌라

좀더 집다운 집, 최소한 주방과 거실 그리고 침실이 분리되어 있고 방도 2개 정도 갖춘 집을 원할 때 생각해볼 수 있는 것이 빌라다. 그런데 우리가 뭉뚱그려 말하는 '빌라'는 건축법상 정확한 명칭이 아니다. 대개 다가구주택이거나 또는 다세대주택이다.

모든 주택은 크게 단독주택과 공동주택으로 나뉜다. 단독주택이란 개인이 오롯이 소유하고 있는 집 한 채를 가리키며 전원주택, 마당 딸린 2층주택, 개량한옥을 비롯해 고시원, 원룸주택 모두 여기 속한다. 그래서 고시원이나 원룸은 월세나 전세만 가능하고, 각각의 방을 개별로 등기 이전하거나 따로 매매할 수가 없다. 아울러 다가구주택도 단독주택에 포함된다. 도심에서 가장 흔히 볼 수 있는 다가구

　　　　　　　　　집을 구한다, 스타일이 보인다

주택은 앞서 말한 반지하-1층-2층-옥탑방으로 지어 올린 건물이 대표적인데 건축법상으로는 2층이지만 사실상 (집주인이 세를 많이 받기 위해) 4층인 집이다. 그러나 이 다가구주택도 결국은 단독주택에 해당하기 때문에 각 층마다 다른 세입자가 산다고 해도 임대만 가능할 뿐 개별 등기 신청이나 매매는 불가능하다.

한편 다세대주택은 공동주택에 속하는데 5층 이상의 공동주택을 아파트, 4층 이하의 공동주택을 다세대주택이라 한다. 그런데 아파트와 다세대주택은 한눈에 보기에도 쉽게 구분이 가지만 다가구주택과 다세대주택은 형태가 비슷해서 혼동하는 경우가 많다. 그래서 이 둘을 빌라라고 통칭해 부르는 일이 많은데 쉽게 구분하는 방법 중 하나를 말하자면, 층수를 세었을 때 반지하-1층-2층-옥탑방(또는 3층)으로 이루어져 있으면 다가구주택이다. 그리고 반지하-1층-2층-3층-4층으로 되어 있으면 다세대주택이다. 또한 다가구주택은 건물이 한 채만 지어져 있지만 다세대주택은 서너 동이 함께 있기도 해 규모가 크다. 물론 정확히 알고자 한다면 등기부등본을 떼어 보거나 공인중개사에게 문의해보면 된다. 다가구주택은 단독주택이라서 임대만 가능하고, 다세대주택은 공동주택이라서 임대는 물론 매매도 가능하다는 사실을 꼭 기억하자.

빌라는 조용한 주택가에 있으면서 아파트보다는 저렴하고 오피스텔보다는 넓다는 점에서 선호도가 높다. 그런데 오래되고 낡은 빌라라면 CCTV나 도어락, 방범시설이 열악한 경우가 많다. 또한 옆집에 1인가구가 아닌 가족이 사는 경우가 많기 때문에 어린아이가 있다면 생활소음이 발생할 수 있고, 또 노인이 많이 사는 곳이라면 홀로 있어 적적하다 보니 복도에 의자를 내놓고 종일 앉아 사람 구경을 하시는 분도 있다. 그러니 최근에 지은, 신혼부부나 1인가구를 겨냥한 소형빌라가 편리하다.

2LDK 구조의 좋은 예

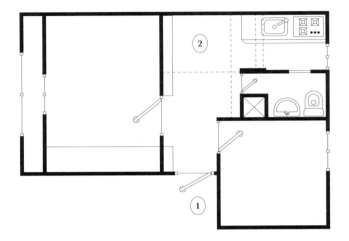

1 현관문을 열었을 때 주방과 화장실이 바로 보이지 않는 게 좋다.

2 예쁜 오브제가 될 수 있는 식탁이나 의자를 두면 좋다. 현관문을 열었을 때 집의 좋은 첫인상을 준다.

2LDK 구조의 안 좋은 예

1 현관문을 열었을 때 바로 주방이 보이면 산만하다.
   밀린 설거지가 집의 첫인상이 될 가능성도 크다.

2 화장실과 주방이 마주 보고 있는 데다 식탁을 놓은
   자리가 화장실과 너무 가깝다. 이러면 화장실에서
   밥을 먹는 기분이 들 수 있다.

6 우리나라 헌법에는 "국가는 주택개발정책 등을 통하여 모든 국민이 쾌적한 주거생활을 할 수 있도록 노력하여야 한다"(제35조 제3항)라는 조항이 있다. 주거권은 이에 근거를 두고 있으며, 지금 살고 있는 집에서 갑자기 퇴거당하지 않을 권리를 포함해 인간적이고 안전한 주거를 누릴 권리 등을 말한다.

---

7 용적률이란 대지면적당 전체 연면적의 비율을 말한다. 이를테면 대지면적이 100m²인 땅에 2층집을 지었는데 1층의 면적이 60m², 2층의 면적도 60m²라면 이때 대지면적 대 연면적이 100대 120이 되어 용적률은 120%가 된다. 주거지역에서는 일정 이상의 용적률을 넘지 못하도록 되어 있는데, 이는 주거지역이 지나치게 고층화되어 사람이 많이 살게 되면서 주거의 질이 저하되는 것을 막기 위해서다.

---

8 아파트나 오피스텔 등에는 전용면적과 공급면적이 따로 적시되어 있다. 아파트나 오피스텔에서 현관문을 열고 들어간 내부는 온전히 개인의 영역이다. 문을 잠그고 나면 아무도 들어올 수 없는 사적 고유 공간이다. 이 면적을 개인이 전용으로 쓴다는 점에서 전용면적 또는 실면적이라 한다. 한편 지하주차장, 현관, 로비, 복도 등은 개인이 쓰기도 하지만 건물에 입주한 전체 사용자가 다 함께 쓰기도 하는 공용공간이다. 이때 현관문 안쪽의 사적 공간(전용면적)에다가 공동으로 쓰는 모든 공간(공용면적)을 전체 사용자 수로 나누어 합한 것을 공급면적이라 한다(공급면적=전용면적+주거공용면적). 따라서 전용면적보다

공급면적이 항상 크게 나온다. 공급면적이 클수록 출입구, 로비, 복도 등의 비율이 높다고 할 수 있다. 오피스텔의 경우에는 아파트보다 로비, 복도 등의 공용면적이 커서 전용률(분양면적에 대비해 전용면적이 차지하는 비율)이 낮은 것이 특징이다.

고시원, 옥탑방, 반지하, 셰어하우스, 원룸, 오피스텔 등 이 모두는 사회에 갓 나온 20~30대 청년들이 가장 먼저 접하는 주거공간이다. 요즘에는 도심형 생활주택이나 청년임대주택도 많이 활성화되어 있으니 각자 자신의 경제 상황에 맞추어 알맞은 집을 찾으면 된다. 무엇보다 무조건 넓고 비싼 집보다는 자신에게 맞는 구조와 형태의 집을 찾는 것이 중요하다. 집에서는 잠만 자면 되기 때문에 좁아도 상관없지만 대신 주변 인프라가 좋아야 한다든지, 집에서 종일을 보내며 작업도 해야 하는 집순이라서 조금 변두리라도 넓은 집이 필요하다든지, 개인에 따라 여러 가지 문제가 있을 것이다. 모든 조건을 두루두루 갖춘 집은 찾기도 어렵고 역시 비싸다. 가진 돈으로 자신에게 가장 중요한 조건 한두 개를 충족시키는 집을 구하는 게 좋다.

방을 꾸민다,
취향이 생긴다

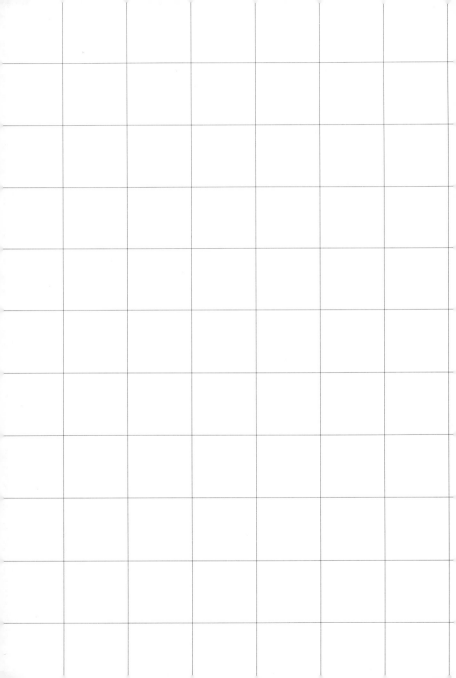

방을 얻는 일은 신중하게 사람을 만나 사귀는 일과 비슷하다. 우리는 방을 보기 전 (소개팅을 준비하듯) 미리 앱이나 인터넷의 사진을 통해 방은 물론 그 주변 동네 모습까지 확인한다. 그래서 직접 두 눈으로 보게 되었을 때는 사진보다는 조금 못하다는 인상을 받으면서, 그래도 그런대로 나쁘지는 않다는 느낌을 받곤 한다. 한번 보고 돌아온 방을 두고 며칠 동안 이리저리 생각을 한다. 이런 점은 좋지만 이런 점은 좀 아쉽다는. 그러다 마침내 계약. 그렇게 구한 방에 들어온 뒤에는 이 공간과 어떻게 친해질까 참 열심히 궁리한다. 침대를 어디에 둘까, 책상 위에 가습기가 있어야겠다, 전기스탠드와 슬리퍼가 필요할 거 같다… 이런 생각들을 하면서.

1인가구의 인테리어는 가구

도시에 사는 1인가구는 대개 소유보다는 임대, 즉 세를 들어 사는 비율이 높다. 그 결과 인테리어를 마음대로 하지는 못한다. 고작 2년만 살지도 모를 집에 큰돈을 들이는 것도 아깝지만 임대 기간이 끝나 집을 비울 때 원상복구를 해놓고 가야 하기 때문에 이중으로 돈이 들어서다. 그렇다고 아무것도 안 하기에는 남이 살던 집에 그대로 들어가기가 찜찜하고, 무엇보다 내 방이라는 익숙함을 느끼기가, 즉 친해지기가 어렵다.

그럼 1인가구의 인테리어는 어떻게 해야 할까?

일단 가장 적은 비용으로 인테리어 효과를 크게 낼 수 있는 건 도배다. 도배는 세입자가 원할 경우 집주인이 해주는 경우가 많으므로 계약서를 작성할 때 미리 확인을 해두는 게 좋다. 그다음으로 창문에 커튼을 달고 계절에 맞는 카펫이나 러그를 깔면 바닥과 벽면, 천장까지 집의 모든 면을 간단하게 바꿀 수 있다. 아울러 욕실 문고리와 전기스위치도 교체하는 게 좋다. 문고리, 스위치는 하루에도 몇 번씩 사람 손이 닿는 물건이라 이전에 살던 사람의 손때가 가장 많이 묻어 있다고 볼 수 있다. 손잡이와 스위치를 취향대로 바꾸는 것만으로도 분위기가 달라지고 훨씬 기분이 좋아진다. 또한 작고 예쁜 가구를 몇 개 사서 오브제로써 공간을 꾸미는 것도 방법이다.

사실 1인가구의 인테리어는 가구 고르기와 배치가 전부라고 할 수 있다. 널리 알려져 있듯 동물들은 영역 표시를 한다. 인간도 예외는 아니다. 다만 인간은 수캐처럼 전봇대에 대고 소변을 보는 대신 호모 하빌리스Homo habilis(도구를 사용하는 인간)라는 존재에 걸맞게 주로 소지품을 그 공간에 두는 것으로 영역 표시를 한다. 빈 열람실이나 식당에서 자리를 맡을 때 가방을 두는 게 대표적인데 이때 특별히 좋아하는 물건을 두면 그 장소에 더더욱 애착을 갖는다. 그러니 만약 인테리어를 할 수 없는 셋집에 살고 있다면 자신이 좋아하는 가구를 둠으로써 그 공간에 대한 애정을 키울 수 있다. 이사 갈 때 가지고 들어갔다가 나올 때 다시 가지고 나오면 되니까 편하기도 하다.

가구에 대한 인식이 많이 바뀌었다. 예전에는 가구는 한번 장만할 때 비싸고 좋은 걸로 사서 평생 써야 한다는 인식이 있었다. 우리 할머니, 어머니 들이 시집올 때 혼수로 해 오던 자개장이나 오동나무장을 떠올려 보자. 하지만 요즘에는 가성비 좋은 저렴한 것을 골라 그때그때 쓰고 바꾸는 게 좋다는 생각으로 바뀌었다. 이를 패스트 무빙 소비재FMCG: Fast-Moving Consumer Goods라고 하는데 가구뿐 아니라 의류, 가

방을 꾸민다, 취향이 생긴다

전제품 등 전반적으로 유행하고 있는 추세다. 마치 유행하는 옷을 사 입듯, 기분과 상황에 맞는 가구를 구입해 4~5년 정도 쓰다가 이사를 갈 때 처분하고 새집, 새로운 환경에 맞는 가구를 찾는 것이다. 이케아가 성공한 것은 가구에도 FMCG 개념을 도입했기 때문이다. 전셋집에 살기 때문에 2~4년 주기로 이사를 가야 한다면 다른 인테리어에 돈을 쓰는 대신 예쁘고 세련된 가구를 구입하는 게 좋다. 이때 색상과 콘셉트를 통일해야 공간도 넓고 세련되어 보인다.

가구는 옷장이나 책장, 서랍장처럼 물건을 수납하기 위한 용도의 '수납가구'와 의자나 테이블, 책상, 침대와 같이 사람의 몸이 닿으며 휴식을 하거나 작업을 할 때 쓰는 '신체가구'로 크게 나뉜다. 이때 수납가구의 비율을 줄이고 신체가구의 비율을 늘리는 게 공간을 아름답게 하는 비결이다.

공간은 사람과 많이 닮아 있다. 사람의 몸은 뼈대를 이루는 골격 외에 지방과 근육으로 나뉘는데 이때 골격은 건물의 전체 구조와 비슷하고, 지방은 잉여 칼로리를 축적한다는 점에서 수납가구라 할 수 있으며, 근육은 몸을 지탱하고 움직이기 위한 역할을 한다는 점에서 신체가구와 견줄 수 있다. 타고난 골격은 어쩔 수가 없듯이 이미 지어진 집은 벽체를 옮기거나 구조를 바꿀 수가 없다. 대신 사람이 운동으로 몸의 지방을 없애고 근육을 늘려 몸매를 가꾸듯, 공간은 수납가구를 줄이고 신체가구를 적재적소에 두는 것으로 변화를 꾀할 수 있다. 그리고 그게 바로 인테리어의 기본이다. 옷장, 서랍장, 캐비닛, 그릇장 등 물건을 담는 수납가구는 대개 네모난 형태에 크고 육중하다. 물건을 보관하는 용도가 우선이기 때문에 커다란 나무상자라고 생각하면 된다. 반면에 의자, 테이블, 책상 같은 신체가구는 가볍고 날렵한 형태라 예쁜 오브제가 되곤 한다.

아파트 모델하우스가 아름다워 보이는 이유 중 하나는 수납가구의 비율이 낮고 신체가구가 하나씩 오브제로 놓여 있기 때문이다. 마치 런웨이를 걷는 패션모델이 지방은 거의 없고 근육으로 이루어진 몸매를 하고 있는 것과 같다. 수많은 여성잡지에서 물건을 어떻게 수납해야 하는지에 대해 자세히 설명하고 있다. 투명한 리빙박스 활용하기, 그릇장에 그릇 포개기 등등 갖가지 아이디어를 보여주지만 그런 건 결국 공간을 더욱 답답하게 만들 뿐이다. 최고의 성형은 다이어트 즉 지방을 줄이는 일이듯 최고의 인테리어는 수납가구를 줄이는 일이다.

물건을 왜 수납해야 하는지부터 먼저 생각해보자. 커다란 리빙박스에 물건을 차곡차곡 포개 넣는다는 건 지금은 그 물건을 사용하지 않는다는 전제가 깔려 있다. 그렇다면 사용하지 않을 물건을 왜 보관하는가? 지금은 아니지만 언

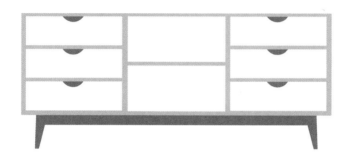

수납가구 비율이 낮으면 공간이 아름답다.

신체가구 비율이 높으면 공간이 아름답다.

방을 꾸민다, 취향이 생긴다

제라도 쓰일 때를 대비하기 위해서다. 이는 신체에 지방이 쌓이는 이유와 똑같다. 살이 찌는 건 우리 몸이 굶주릴 때를 대비해서 잉여 에너지를 지방으로 전환해 신체에 비축하기 때문인데, 이건 과거 식량이 부족하던 시대에나 유효한 이야기이지 요즘은 전혀 그럴 필요가 없다. 마찬가지로 물건을 버리지 않고 쌓아두는 건 그 옛날 물자가 부족하던 시절의 미덕일 뿐이다. 지금 당장은 아니지만 언젠가는 입을지도 모르니까, 어쩌다 뭔가 담을지도 모르니까 옷도 그릇도 하나하나 넣어두지만 그 '언젠가'는 영원히 오지 않을 수 있다. 먹을 게 넘쳐나면 비축이 아닌 다이어트를 해야 하듯 물자가 넘쳐나는 지금은 수납이 아닌 버리기를 실천해야 한다. 오늘날 유행하고 있는 미니멀리즘 역시 풍족해진 시대에 오히려 덜 가진 것이 아름답다는 점을 방증한다. 물건을 줄여 수납가구를 없애면 공간이 훨씬 넓어진다. 수납가구를 둔다는 것 자체가 그 공간을 사람이 아닌 물건이 점유하고 있다는 사실을 보여준다. 한 평 한 평이 비싼 도시의 집값을 생각해볼 때 그 공간을 내가 아닌 물건이 차지하고 있다는 건 아까운 일이 아닐까.

10% 차이에 공간이 달라진다

수납가구를 줄였으면 이제 신체가구를 줄일 차례다. 침대, 소파 같은 신체가구는 꼭 필요한 것들이라 없앨 수 없는 대신 크기를 줄여 공간을 절약할 수가 있다.

돈, 시간, 에너지, 그리고 불필요한 감정소모까지 우리는 아끼고 줄이는 데에 온 신경을 쓰면서도 '공간'에 대해서만은 아직 아껴 쓴다는 개념이 부족하다. 돈을 아끼기 위해 매일의 지출을 적듯이, 체중을 줄이기 위해 하루하루 칼로리를 계산하듯이, 공간을 절약하려면 먼저 어떤 가구가 놓여 있고 얼마나 면적을 차지하고 있는지를 측정해봐야 한다.

주요 신체가구의 크기를 살펴보자(지금부터 cm 기준이다). 먼저 책상이다. 우리가 쓰는 책상의 크기는 대개 60×80, 60×120, 80×140 가운데 하나다. 그다음은 침대다. 더블은 150×200, 세미더블은 120×200, 싱글은 100×200이며, 80×200 또는 60×200짜리 미니싱글도 있다. 옷장은 1인용의 경우 폭이 80이며, 신혼집에서는 90~120까지 다양한 폭을 쓴다. 그래서 90짜리 옷장을 세 개 늘어놓고 아홉 자 장롱이라 하고 120짜리 옷장을 세 개 늘어놓고 열두 자 장롱이라 한다(한 자=약 30cm).

내가 이 모든 숫자를 외우고 있는 이유는 설계사무소에

서 근무했던 경험 때문이다. 대형건설사에서 짓는 아파트의 내부 구조에 가구를 그려 넣는 게 내 몫이었는데 24평, 33평짜리 중소형 아파트 주방에 예외 없이 식탁을, 안방에는 옷장과 침대를 넣었다. 전국의 아파트는 대개 비슷비슷하게 생겨서 24평 아파트의 안방에는 가로 폭이 270cm인 아홉 자 장롱이 들어갈 수 있다. 33평은 되어야 가로 폭이 360cm인 열두 자 장롱이 들어간다. 만약에 24평짜리 아파트 안방에 가로 폭이 300cm인 열 자 장롱을 집어넣을 수 있다면, 그는 설계에 매우 재능 있는 사람이라고 칭찬을 받을 테지만 설계실 직원이 모두 그렇게 빛나는 재능을 가진 건 아니어서 때로 편법을 사용했다. 우리 회사에서 설계한 아파트가 더 넓어 보이게 하기 위해 모든 가구의 크기를 '10%씩 줄여' 그리는 것이다.

예를 들어 4인가족이 쓰는 식탁은 크기가 70×120인데 이걸 63×108로 그리는 것이다. 마찬가지로 140×200 크기의 더블침대는 126×180으로 10% 줄여 그린다. 이러면 미묘한 차이라서 사람들이 잘 눈치 채지는 못하지만 어딘지 모르게 널찍하고 시원해 보인다.

이 편법을 도면이 아닌 실제에 적용해보면 어떨까? 되도록 작은 가구를 골라 정말로 공간을 넓게 쓰는 것이다. 흔히 시중에 판매되는 책상의 경우 작은 것은 60×80이고 큰 것은 80×140으로 세로의 크기만 해도 20cm 차이가 나는 것을 알 수 있다. 한 뼘에 불과한 20cm가 뭐 그리 대수일까 싶지만 신체 사이즈에서 20cm는 결코 무시할 수 없는 차이다. 신장이 150cm인 여성과 170cm인 여성을 떠올려 보자. 분위기가 무척 다르다. 남자도 170cm인 경우와 190cm인 경우는 엄청 차이가 난다. 가구는 우리 신체와 직접 닿기 때문에 한 뼘 크기라 해도 상당히 차이가 크게 느껴지며, 따라서 모든 가구를 20cm씩 줄이면 공간이 훨씬 넓게 보인다.

더욱이 방 안에 가구가 하나뿐인 경우는 없다. 대개 서너 개 이상이다. 그러니 각각 한 뼘씩 줄인다 해도 합치면 60~80cm의 여유 공간이 생긴다. 다이어트로 원래 체중에서 10%를 감량한 뒤 예전에 입던 옷을 입어보면 똑같은 옷이라도 훨씬 맵시가 있고 잘 어울려 보인다. 공간도 마찬가지다.

그런데 가구 크기를 줄이면 쓰는 데 불편하지 않을까? 꼭 그렇진 않다. 대개의 가구가 신장 180cm인 남성의 몸을 기준으로 하고 있기 때문이다. 지금 우리가 쓰는 가구의 크기는 프랑스 건축가 르코르뷔지에Le Corbusier[9]가 창안한 모듈러 시스템modular system[10]에서 유래한다. 그는 20세기 초 프랑스 마르세유에 유니테 다비타시옹Unites d'habitation이라는 공동주택을 설계하면서 주택 내부의 치수를 정하는 데에 처음으로 모듈러 시스템을 적용했다(이 공동주택은 세계 최초의 주상복합 아파트로 평가받는다). 당시 프랑스 남성의 평균 신장은 174cm였는데 이보다 조금 큰 180cm(정확히는 6feet 즉 182.9cm)를 기준으로 신체 사이즈에 따른 모든 건축 치수를 정리한 것이다. 이를테면 신장 180cm인 사람이 손을 머리 위로 들어 올리면 그 높이가 약 225cm이므로 주택 내부의 최소 높이를 225cm로 정했다(오늘날까지도 아파트의 천장 높이는 225~230cm다). 아울러 신장 180cm인 사람이 모자와 구두를 착용하면 대략 190cm가 되므로 출입문의 최소 높이는 190cm가 되도록 했다. 이런 기준은 주택 내부 치수뿐 아니라 가구에도 적용되었다. 예를 들어 침대의 기본 사이즈를 신장 180cm인 사람에 맞춰 100×200으로 정한 것이다.

르코르뷔지에가 창안한 모듈러 시스템은 지금까지도 건축과 가구 디자인 전반에 적용되고 있다. 그런 탓에 여성이 사용하기에는 조금 큰 편이다. 180cm를 90% 크기로 줄이면 여성의 표준 신장인 162cm가 된다. 그래서 가구의 크기를 10%씩 줄여보자는 것이다. 여성 1인가구라면 자기 몸에 더욱 잘 맞는 가구를 쓰면서 공간은 상대적으로 더 크게 활용할 수가 있다.

르코르뷔지에 모듈러 시스템

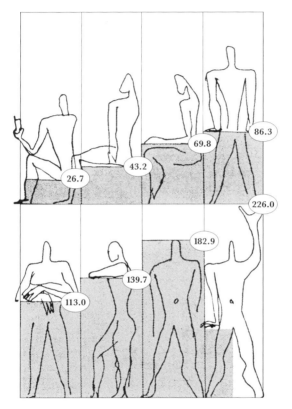

단위: cm

방을 꾸민다, 취향이 생긴다

휴식과 작업, 하나에 집중할 것

1인가구의 집은 대개 협소하기 때문에 거실, 침실, 작업실, 부엌 등 모든 공간을 제대로 다 갖추고 살기 어렵다. 그러니 자신의 라이프스타일에 따라 어디에 중점을 둘 것인가를 결정해야 한다. 퇴근 후 요가나 수영 또는 외부 취미활동을 즐기고 집에 돌아와서는 오로지 쉬기만 하는, 이른바 휴식형 라이프스타일을 가졌다면 침대와 그 주변 인테리어에 신경을 쓰는 게 좋다. 집에서 주로 침대에서 머무는 시간이 많다면 접이식 침대나 작은 침대보다는 크고 안락한 세미더블침대를 두고 그 옆에 베드벤치를 함께 갖추는 게 편리하다. 외부 활동이 많을수록 집에서는 상대적으로 잠을 자는 시간이 가장 많아지고 또 휴식의 질이 중요해진다. 침대 주변을 집중 공략해 이곳을 안락하게 꾸미자.

반대로 재택근무가 잦거나 프리랜서 직종이라 집에서 작업을 하는 시간이 많다면 생활이 느슨해지지 않도록 하는 게 중요하다. 침대는 되도록 구석에 몰아넣거나 가리개 또는 가벽을 이용해 작업공간에서 침대가 보이지 않도록 해야 한다. 또한 작업용 책상과 의자 외에도 주변에 휴식용 소파와 테이블을 두어 침대에 눕지 않는 습관을 들여야 한다. 침대에서 뒹굴뒹굴하는 이유 중 하나가 책상 외에는 앉을 만한 공간이 없기 때문이다. 크고 안락한, 조금 비싸고 사치스럽더라도 좋은 의자와 테이블을 사놓고 쉬면서 밤 10시 이전에는 침대에 눕지 않는다는 원칙을 세워두는 것도 좋다. 특히 집에서 일하는 사람의 경우 집에서 식사를 챙겨 먹는 경우가 많은데 이때 작업용 책상 앞에서 밥을 먹지 않도록 식사용 테이블을 따로 마련하는 것이 좋다. 사무실에서 일을 할 때 정해진 시간에 밖에 나가 식사를 하듯 집에서 일을 할 때에도 그래야 한다. 밥 먹는 테이블과 일하는 테이블 정도는 구분해야 생활이 타이트해진다.

활용도가 높은 가변형 가구로

민속촌이나 한옥마을에 가면 오래된 한옥을 볼 수 있는데 사극에서 보는 것과 달리 실제로는 방이 무척 작다. 한옥 방 한 칸의 크기는 가로 2.4m에 세로 2.4m로 5.76m²다(약 1.74평). 더블침대 하나만 놓으면 꽉 차는 크기다. 이렇게 작은 방에서 과연 사람이 어떻게 살았나 싶은 생각이 들 정도다. 이 좁디좁은 방에서 사람이 생활을 할 수 있는 건 자리를 온통 차지하는 침대가 없기 때문이다. 그 옛날 우리

방을 꾸민다, 취향이 생긴다

조상들은 밤에는 이불을 깔고 자다가 아침이 되면 개어서 옷장 위에 얹어두었다. 그다음 조그만 밥상에서 아침을 먹은 뒤 곧바로 치우고는 그 상에서 다시 책을 펴놓고 공부를 하는 게 일상이었다. 바로 여기에 놀라운 원리가 숨겨져 있다. 사용할 때만 펼쳐놓고 사용이 끝나면 접어버리는 것, 한 가지 가구를 다용도로 쓰는 것이다. 그래서 가로세로 폭이 2.4m인 작은 방이라도 큰 불편함 없이 지낼 수 있었고 이를 현대의 입식가구에도 적용한 게 바로 가변형 가구, 즉 플렉서블 퍼니처flexible furniture다. 방 안에서 가장 큰 면적을 차지하는 가구는 침대다. 침대를 낮에는 소파, 밤에는 침대로 사용할 수 있는 소파베드로 바꾸거나 접이식 침대로 대체하면 공간을 아낄 수가 있다. 식탁으로 쓰는 테이블 역시 접이식으로 구입해 필요할 때만 꺼내 쓰거나, 평소에는 1인용으로 쓰다가 손님이 오면 4인용으로 늘려 사용할 수 있는 확장형을 고르는 게 좋다.

또한 1인가구가 가구를 고를 때는 기본적으로 혼자서도 쉽게 옮길 수 있도록 작고 가벼운 것을 고르는 게 좋다. 혼자 힘으로는 도저히 옮길 수 없는 덩치 큰 소파, 돌덩이처럼 무거운 침대는 처음 이삿짐을 들일 때 놓았던 자리에 계속 놓고 쓸 수밖에 없다. 공간을 바꾸고 싶어도 바꿀 수가 없어 가변형으로 마음대로 사용하는 것이 불가능하다. 혼

자 힘으로 이리저리 옮길 수 있어야 진정한 가변적 사용이
가능하다.

꼭 필요한 공간이 아니라면

이불 빨래를 할 수 있는 대형세탁기와 건조기는 필수일까?
그렇지 않다. 평소 빨래 양이 많지 않은 1인가구라면 소형
세탁기를 구입해 쓰고 이불같이 큰 빨랫감은 빨래방을 이
용하는 게 당연히 공간을 절약하는 방법이다. 그렇게 하는
게 전기세도 절약된다. 요즘에는 에너지 소비 효율이 제품
선택의 주요한 기준이 되곤 하는데, 에너지 소비를 줄이는
가장 좋은 방법은 대형가전 대신 소형가전을 이용하는 것
이다. 1년에 딱 두 번 설날과 추석에 대가족을 태우고 산소
에 가기 위해 대형 SUV 차량을 구입했다면 어떨까? 그 차
를 혼자 출퇴근할 때도 계속 타고 다닌다면? 기름 값을 비
롯한 유지비가 많이 들어 당연히 손해다. 그보다는 소형차
를 구입해서 출퇴근에 쓰고 명절에는 대형차를 렌트하는
게 훨씬 현명한 방법이다. 가전제품도 똑같다. 되도록 소형
으로 구입해 사용하고 필요할 때는 외부시설을 이용하면

된다. 그리고 이는 단순히 세탁기를 대형에서 소형으로 바꾸는 수준이 아니라 근본적인 공간 조정으로 사고를 확장할 수도 있다.

예를 하나 보자. 내가 아는 지인 중 한 명은 원룸의 주방을 암실로 개조해버렸다. 사진작가인 그녀는 지금도 여전히 필름카메라를 고수하고 있고 직접 현상을 한다. 그래서 사진을 현상하기 위한 암실이 그녀에게는 필수인데 그녀가 사는 도쿄의 좁은 원룸에서는 암실로 쓸 여분의 방을 따로 마련할 수가 없었다(당연히 암실로 쓸 원룸을 하나 더 구할 수도 없었고). 그래서 그녀가 생각해낸 방법은 주방 공간에 가림막을 달고 암실로 개조하는 것이었다. 개수대는 물품 세척대로, 냉장고는 현상용액과 필름을 보존하는 보존함으로, 주방의 각종 선반은 카메라 용품을 넣어두는 수납장으로 딱 적당했다. 그녀는 주방에서 그 어떤 음식도 만들어 먹지 않았다. 냉장고 안에 현상용액과 약품이 들어 있기 때문에 혹시라도 음식에 약품이 잘못 섞여 들어갈 수 있어서였다. 대신 식사는 근처 식당에서 해결했고 빵이든 과일이든 모두 편의점에서 산 것만 먹었으며 특히 음료는 즉석에서 뚜껑을 딴 음료만을 마셨다. 다행히 그녀가 세 들어 사는 원룸 건물 1층에는 24시간 열려 있는 편의점이 있어 불편하지 않았다. 그녀의 방이 2층이었으니 1층의 편의점은 그녀의 확장된 부엌이었다. 그렇게 주방을 없앰으로써 원룸은 암실과 침실로 분리된 투룸으로 변신하게 되었다. 모든 음식을 외부에서 사 먹어야만 했던 건 원래의 원룸을 투룸으로 쓰는 대가인 셈이었다. 하지만 소중한 작업실을 얻은 것치고는 전혀 아쉽지 않은 대가였고 오히려 경제적이었다.

사실 모든 집에 반드시 부엌이 있어야 하는 건 아니다. 더욱이 1인가구는 집에서 밥을 해 먹지 않는 경우가 많다. 음식을 만드는 게 귀찮은 일이기도 하고 집에 있는 시간이 많지 않기 때문이기도 하지만 비용으로 따져도 부담이 된다. 1인가구는 만들어 먹는 것보다 사 먹는 게 훨씬 가성비가 높다. 삼겹살을 구워 먹는다고 해보자. 돼지고기 한 근만 덜렁 사 온다고 해서 되는 일이 아니다. 쌈을 싸 먹기 위한 채소를 사야 하는데 상추와 깻잎, 오이, 양파, 풋고추, 마늘까지 모두 사자면 돼지고기보다 더 비싸게 든다. 곁들여 먹을 된장찌개까지 욕심을 부리면? 된장뿐 아니라 두부, 호박, 감자 등등. 이 모두를 다 사서 만들어 먹는 것보다 혼밥이 가능한 삼겹살 구이 식당을 이용하는 게 더 경제적이다.

4인가구일때는 사 먹는 것보다 집에서 직접 해 먹는 게 대개 더 저렴하지만 2인가구일 때는 둘이 엇비슷하고 1인가구가 되면 사 먹는 게 더 저렴하다. 이를 반영하듯 1인가구를 겨냥한 간편식, 즉석조리식품 시장은 계속 커지고 있는데 그렇다고 한다면 최소한의 주방시설만 갖춘 간이주방으로 충분하다. 주방을 완전히 없애는 게 부담스럽다면 간이주방을 선택할 수 있다. 공간이 훨씬 넓어진다.

경우에 따라서는 이동식 주방도 생각해볼 수 있다. 현재 우리나라 건축에서 주방은 욕실처럼 그 위치가 고정되어 있다. 하지만 에어컨, 세탁기, 식기세척기를 생각해보자. 이 물건들은 이동이 가능하며 전원과 상하수도를 연결할 수 있는 자리라면 그곳에 위치할 수 있다. 마찬가지로 주방도 개수대와 인덕션레인지가 결합된 일종의 가전제품처럼 만들어 전원과 상하수도만 있다면 어디든 자리할 수 있게 하면 어떨까? 이와 같은 콤팩트 키친은 이미 유럽에서 선보이고 있다. 자리도 훨씬 덜 차지하고 세탁기나 식기세척기를 설치하듯이 연결만 하면 되기 때문에 공간을 효율적으로 사용할 수 있다. 간단히 차를 끓이고 간편식을 데워 먹는 정도로만 부엌을 이용한다면 한번 고려해볼 만하다. 물론 이는 아직 우리나라에서는 그다지 활성화되어 있지 않다. 언제나 주방의 위치는 고정되어 있다. 1인가구가 가장 많은 가구 유형이 되었음에도 그에 따른 라이프스타일 변화를 건축이 제대로 담아내고 있지 못한 상황이다. 그러니 부엌 없이, 또는 이동식 부엌을 두고 산다는 게 지금 당장은 요원한 일일 수 있다. 그러나 새로운 시도는 이루어져야 한다.

부분조명은 부분 그 이상을 살린다

인테리어를 마음껏 하기 어려운 원룸에서 공간을 가장 드라마틱하게 바꿀 수 있는 요소는 조명, 특히 부분조명이다. 싸구려 여관방과 고급 호텔의 분위기를 가르는 차이점 중 하나도 바로 조명에 있다. 방 천장에 LED 등이 달랑 하나 달려 있는 여관과 달리 호텔 룸은 천장 등이 아닌 곳곳에 놓인 서너 개 스탠드로 조명을 한다. 천장에 달린 조명 하나는 공간을 밋밋하고 평면적으로 만들어버리지만 곳곳에 설치한 부분조명은 공간을 훨씬 감성적이고 입체적으로 만든다. 이를 원룸에도 활용해보자. 스탠드를 서너 개 준비해서 입구 부분에 하나, 침대 근처에 하나, 책상 근처에 하나, 테이블 위에 하나씩 두고 필요에 따라 켜고 끄는 것으로 공간을 훨씬 다채롭게 연출할 수 있다.

또한 조명은 천장에 등을 설치하는 게 일반적이지만 좀 더 다른 분위기를 내고 싶다면 벽면에 다는 것도 좋다. 중세를 배경으로 하는 외국 영화를 보면 촛대를 벽면에 고정시켜놓은 모습이 나온다. 중세의 건물들은 천장이 높았기 때문에 벽면에 촛대를 고정시킨 것이다. 이를 현대에 응용한 게 벽면에 고정하는 전기스탠드다. 포인트가 되는 벽면에 좋아하는 그림이나 사진 액자를 걸고 양 옆에 전기스탠드 2개를 고정하면 조명 효과 외에 클래식한 인테리어 효과도 볼 수 있다.

바닥조명을 이용하는 것도 인테리어에 효과적이다. 이는 현대에서는 사용하지 않는 고전적인 방법인데, 나지막한 전기스탠드를 테이블이 아닌 바닥에 몇 개 두는 것이다. 원시시대 동굴의 이미지를 떠올려 보자. 처음으로 불을 피운 구석기인들은 당연히 바닥에다 그 불을 피웠을 것이다. 이때 불은 실내난방, 조명, 음식조리 등 세 가지 기능을 담당했다. 한가운데 피운 불을 중심으로 가족 또는 부족이 둘러앉아 그날 사냥해온 고기를 구워 먹던 것은 모든 인류의 원형적 기억이다. 가끔은 탁상용 전기스탠드를 바닥에 놓아 바닥조명으로 즐겨보는 것도 색다른 경험이다.

참고로 스탠드에 끼우는 전구는 여름에는 LED 전구로 겨울에는 백열등으로 교체하는 것이 좋다. 예전에는 백열등을 많이 썼지만 지금은 LED 전구가 대세가 되었다. 백열등은 전원의 80~90%가 열원으로 소비되고 나머지 10~20%만 광원으로 소비되어 에너지 낭비가 심하다는 이유에서다. 실제로 백열등을 켜두면 전구가 매우 뜨거운데 이를 반대로 이용해 겨울에 백열등을 쓰면 조명 효과는 물론 공간에 온기를 더할 수 있다. 물론 여름에는 더우니까 스탠드의 전구를 LED로 바꿔 끼워야 한다. 계절별로 전구를 바꾸는 게 유난스럽다 할 수 있지만, 같은 창문을 두고 여름커튼과 겨울커튼을 구분해 달고 침구도 여름이불에서 겨울이불로 때맞춰 교체하는 것처럼 어찌 보면 당연한 일이다. 60W짜리 백열등을 방 안에 2개만 켜두어도 훈훈한 온기를 느낄 수 있다. 이때 위로 올라가며 대류를 일으키는 열의 특성상 바닥조명일수록 효과가 크다.

방을 꾸민다, 취향이 생긴다

9 르코르뷔지에는 "집은 살기 위한 기계다"라는 말로 근대건축의 시대를 열었다. 고전건축에서 벗어나 기하학에 기초를 둔 새로운 미의식을 추구했던 순수주의 건축가의 대표 인물이다. 필로티, 가로로 긴 창, 자유로운 평면, 자유로운 입면, 옥상정원 등의 다섯 가지 원칙을 세웠는데 이는 지금도 건축에서 지켜지고 있다. 그 예로 아파트나 다세대주택의 1층에는 필로티(건축물의 1층은 기둥만 서는 공간으로 하고 2층 이상에 방을 짓는 방식)가 있으며, 빌딩의 옥상에는 옥상정원이 있다.

---

10 모듈러 시스템이란 공동주택 내에서 단위의 척도를 정하는 기준으로 신체 치수에 기반해 만들어졌다. 침실의 최소 폭과 최소 높이, 복도의 최소 폭 등을 규정함으로써 사람이 너무 좁거나 낮은 방에 살지 않도록 했다. 마치 시간당 최저임금을 정해 절대 그 이하의 임금으로는 사람을 고용할 수 없게 만드는 것처럼, 인간이 살 수 있는 주택의 최소 폭과 높이를 한정해놓았다는 점에서 의의가 있다. 건축가 입장에서도 침대나 책상, 식탁, 의자 등 기본적인 가구의 치수가 정해져 있어야 방의 크기를 구할 수 있기 때문에 모듈러 시스템은 매우 유용하다.

1인가구의 집은 대개 좁다. 좀더 넓게 살기 위해서는 되도록 작은 가구 또는 가변형 가구를 쓰고 불필요한 공간을 과감히 없애는 선택 등이 필요하다. 그래서 이번에 내가 세컨드 하우스를 얻으며 선택한 것은 부엌이 없는 집이었다. 내게 부엌은 그다지 필요 없는 공간이다. 그리고 오늘은 원래 옵션으로 있던 침대를 뺐다. 그렇지 않아도 좁은 방을 120×200 크기의 세미더블침대가 차지하고 있었다. 혼자 쓰는데 이렇게 큰 침대는 필요하지 않아 관리인에게 부탁해 침대를 빼고 대신 소파 겸 침대로 사용할 수 있는 접이식 침대를 구입했다. 크기는 75×180이다. 폭이 120cm에서 75cm로 줄어들었으니 45cm나 되는 여유 공간이 생겼다. 나의 필요에 따라 재편된 이 공간과 나는 앞으로 더 친해질 예정이다.

방을 꾸민다, 취향이 생긴다

공간을 계획한다,
더 나다워진다

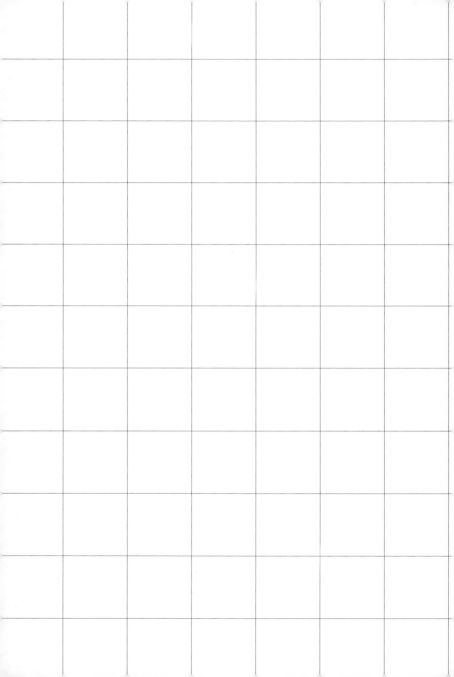

"세상에 이런 집이 어디 있어? 서재가 왜 2개나 필요해? 어느 부부가 서재를 따로 써?"

속사포처럼 말을 하던 그는 제법 잘 알려진 건축가였다. 대학 2학년 때, 설계 수업에서 있었던 일이다. 각자 전문직에 종사하는 40대 부부가 사는 집을 설계하는 게 그 학기 과제였다. 그렇다면 각자의 작업공간이 있어야 할 거라는 생각에 나는 아내의 서재와 남편의 서재를 따로 설계했다.

그리고 수업의 마지막 날 외부 크리틱이라고 해서 현재 설계 실무에 종사하고 있는 건축가를 특별 초빙해 지도를 받는 자리가 마련되었다. 그날 초빙된 건축가는 상당히 유명해서 여성잡지에 간혹 인터뷰가 실리곤 했는데 그때의 인터뷰 기사 내용을 나는 아직도 기억하고 있다.

"여자의 마음을 알아주는 건축가."

그는 주방은 집에서 가장 중요한 공간이자 여성이 주인인 공간이므로 주방, 시스템키친이라는 말 대신 맘스 오피스 또는 맘스 스튜디오라고 고쳐 부르자고 했다. "여자의 마음을 알아주는 건축가"는 그런 그를 두고 잡지사에서 붙여준 별명이었다. 하지만 그날 수업에 초빙된 그는 아내의 서재를 보고 이렇게 말했다.

"여자는 남편하고 그냥 같이 쓰면 돼."

2LDK(투룸)의 공간 구성

방이 하나인 원룸이거나 침실과 거실(또는 주방)이 나뉜 분리형 원룸이라면 공간을 어떻게 써야 하는지 큰 고민을 할 필요가 없다. 그런데 거실 하나에 방 2개가 딸린 2LDK의 투룸 빌라나 소형 아파트에 살게 되었다면 자신의 라이프스타일에 맞춰 공간을 어떻게 구성해야 할지 경우의 수를 따져봐야 한다.

침실+작업실+작업실

1인가구가 2LDK의 집을 얻었을 때 생각할 수 있는 가장 일반적인 조합은 가운데 거실을 두고 각 방을 침실과 작업실(서재), 또는 침실과 드레스룸으로 사용하는 방법이다(거실+침실+작업실 / 거실+침실+드레스룸 조합이다). 그런데 만약 작업실도 필요하고 드레스룸도 필요하다면? 아니면 작업실 외에 별도의 취미실을 갖고 싶다면? 또는 아예 작업실이 2개 필요하다면? 이럴 땐 과감하게 거실을 침실로 쓰는 것도 방법이다.

4인가구가 사는 집이라면 개인 침실 말고 온 가족이 모일 수 있는 거실이 반드시 필요하겠지만 1인가구라면 공용 공간으로서의 거실이 굳이 필요하지 않다. 이럴 때 거실을 침실로 쓰면 뜻밖의 장점이 생긴다. 첫째, 거실 공간은 채광을 비롯해 모든 조건이 대개 집에게 가장 좋으며 넓고 쾌적하다. 둘째, 침실에는 침대와 옷장 같은 덩치 큰 가구를 두기 마련인데 이를 좁은 방이 아닌 넓은 거실에 두면 공간감이 더 살아난다. 건축상 방마다 적당한 가구 크기라는 게 있다. 작은 방에 너무 큰 가구를 들이면 가구의 모양새도 살지 않고 방도 답답해 보이기 때문에 가구를 적절히 두려면 방이 어느 정도 커야 한다는 얘기다. 하지만 투룸이라고 해서 나온 집들의 방은 대개 크기가 매우 작아서 침대 하나를 놓고 나면 공간이 꽉 차고 만다. 이럴 때 침대를 널찍한 거실에 두면 공간감이 살고 사용하기에도 편하다. 퇴근 후 집에 돌아와 거실에서 바로 옷을 갈아입고 침대 속에 들어가 뒹굴뒹굴하기 좋으며 주방과 화장실이 바로 연결되어 있어 편하다.

침대가 거실에 있으면 손님이 왔을 때 곤란하지 않을까 걱정할 수도 있다. 하지만 거실의 주요 기능 중 하나였던, 손님을 초대해 교자상을 펼치던 문화는 이제 1인·2인가구에게는 일상적이지 않게 되었다. 그보다는 정말 가까운 친구 한둘 정도만 초대해 파자마 파티를 하는 게 더 익숙하다. 좁은 방이 아닌 TV가 있는 넓은 거실에 널찍한 더블베드침대를 놓고 주방과 욕실을 가까이 오가며 즐기는 파자마 파티는 생각만 해도 즐거운 일이다.

원룸, 즉 1LDK는 주방과 침실, 작업실이 모두 한 공간에 있다. 그러니까 방(침실이자 주방인)이 거실의 기능까지 겸한다. 2LDK가 1LDK와 다른 점은 거실이 따로 있어 방과 분리해 쓸 수 있다는 것인데, 이 거실에다가 침대를 두면 거실이 기존의 원룸과 비슷해지고 대신 완전히 독립된 방 2개가 생기게 된다. 다시 말해 방 2개를 온전히 마음대로 쓸 수 있다. 더욱이 방은 거실보다 독립성이 높은 공간이다.

자, 그럼 침대가 놓인 거실을 빼고 나머지 방 2개를 어떻게 활용하면 좋을까? 여러 조합이 가능하다. 일단 하나는 집중을 요하는 서재 겸 작업실로 사용하고 또 하나는 드레스룸으로 사용하면 어떨까? 침실과 분리된 드레스룸에는 여유 공간이 있기 때문에 옷장뿐 아니라 가방과 신발, 액세서리를 둘 만한 수납장과 전신 거울을 따로 둘 수 있다. 여기에 간단한 베드벤치까지 두면 옷을 입고 벗기에 편리하다. 유럽 주택에서는 실내에서도 신발을 신는 생활습관 때문에 침대 끄트머리 발치에 베드벤치를 두는 게 필수다. 이 베드벤치에 잠자기 전 벗어둔 옷도 올려두는데(신발을 신고 다닌 맨바닥에 옷을 놓을 순 없으니까) 드레스룸에도 베드벤치를 두면 옷을 입거나 벗을 때 매우 편리하다.

또는 드레스룸 대신 홈시어터로 나머지 방을 활용하는 것도 많은 사람이 쓰는 방법이다. TV로 영화를 보는 것과 영화관 스크린으로 영화를 보는 건 아무래도 느낌이 크게 다르다. 방 하나를 홈시어터로 만들면 사방을 어둡게 만들어 몰입도가 높은 극장처럼 즐길 수가 있다. 한쪽 벽에 스크린을 설치하고 반대편에는 빔 프로젝터를 두자. 몰입을 높이기 위해 1인용 리클라이너 의자 말고는 되도록 아무것도 두지 않는 게 좋다. 주방에 팝콘을 튀길 수 있는 전자레인지만 있으면 그 방은 그럴듯한 1인 영화관이 된다.

또는 방 2개를 모두 작업실로 쓸 수도 있다. 재택근무를 하는 프리랜서라면 작업의 성격에 따라 작업실이 2개 필요할 수도 있다. 이를테면 글도 쓰고 사진도 찍어야 하는 여행칼럼니스트라면 글을 쓰는 서재와 사진을 정리하고 편집하는 작업실이 따로 필요할 수 있다. 인터넷쇼핑몰을 운영하는 사업가라면 방 하나에는 컴퓨터를 두고 오피스 공간으로 쓰되 다른 방은 제품사진을 찍기 위한 스튜디오로 개조해 사용할 수도 있다.

이처럼 2LDK의 거실에 침대를 두고 침실로 쓰면 나머지 방 2개를 취향껏 활용할 수 있다. 이 알파룸과 베타룸을 어떻게 이용할지에 대한 아이디어는 무궁무진하다.

1인가구가 아닌 2인가구라면 2LDK의 공간을 어떻게 구성하는 게 좋을까? 가장 흔한 방법은 거실 외에 방 하나는 침실로, 다른 하나는 공동서재로 쓰는 것이다. 신혼살림은 대개 소형 아파트에서 시작하므로 거실과 침실 외에 하나 더 있는 방을 작업실 겸 컴퓨터방으로 뭉뚱그려 사용하는 경우가 많다. 결혼 전부터 갖고 있던 각자의 컴퓨터와 책들을 보관할 방으로 서재를 두는 것이다. 결혼을 했으니 모든 공간을 공유해야 한다는 대전제 아래, 침실도 서재도 함께 쓰는 방식이다. 모범적이고 가장 보편적인 방법이겠지만 그러나 성향에 따라서는 불편할 수도 있다. 잠도 같이 자고, 밥도 같이 먹고, TV도 함께 볼 수 있지만 경우에 따라서는 혼자만의 공간도 필요한 법이다. 서재에서 각자 컴퓨터를 따로 쓴다 하더라도 한 사람이 작업을 할 때 그 옆에 누군가 있으면 불편할 수 있다. 이를테면 욕실이 그런 공간이다. 누군가 변기에 앉아 있을 때 그 옆에서 이를 닦거나 세수를 할 수 없는 노릇이어서(그런 상황이 상관없는 사이도 있겠지만) 한 사람이 욕실을 쓰고 있으면 다른 사람은 밖에서 기다려야 한다. 서재도 그렇다. 누군가 먼저 들어가 있으면 다른 사람은 상대가 용무를 마치길 기다려야 하는 공간이 될 수 있다. 커플이라고 해서 모든 것을 공유하는 건 아니다.

거실+아내 방+남편 방

그렇다면 '혼자만의 공간'이 필요한 커플을 위한 대안은 무엇일까? 결혼 전에 각자 독방을 썼듯 결혼을 한 후에도 여전히 독방을 쓰는 것이다. 즉 각자 방을 두고 거기에 싱글침대, 옷장, 책상을 넣어 따로 쓰는 방식이다. 라이프스타일이 크게 엇갈리거나 출퇴근을 비롯한 업무 형태가 다른 경우는 이처럼 각방을 쓰는 게 합리적이다. 하지만 대개 사람들은 이에 대해 깜짝 놀라거나 짐짓 점잖은 충고를 한다.

"부부 사이가 안 좋은 거야?"

"부부란 서로 꼭 붙어 있어야 돼."

각방 생활을 하는 게 불화나 별거로 가는 지름길이라도 되는 듯이 생각하고, 갓 결혼한 부부는 반드시 침실을 같이 써야 하는 줄 아는 사람이 많지만 이 명제는 결코 절대적 진리가 아니다. 부부가 한방을 쓰느냐 각방을 쓰느냐는 시대에 따라 달랐다. 그 예로 조선시대만 해도 양반가의 부부는 한방을 쓰지 않았다. 남녀유별, 부부유별의 유교 사상에 따라 아내는 안채에, 남편은 사랑채에 따로 머무는 게 보통이었다. 그마저도 안채의 안방은 어머니가 차지하고 있으니 며느리인 아내는 안방에서 마루 하나를 건넌 건넌방에서 생활했고, 사랑채의 사랑방은 아버지가 차지하고 있으니 아들인 남편은 사랑채 한쪽에 마련된 서방書房(책방)에서 생활했다. 남자는 사랑채에 있는 자신의 서방에 따로 머물렀기 때문에 대개 서방님이라 불렀고 이는 결혼한 남자를 두루 호칭하는 말이 되었다. 지금도 서방은 남편뿐 아니라 결혼한 시동생(결혼 전에는 도련님)과 손아래 시누이의 남편까지 지칭하는 말로 쓰인다. 그뿐만 아니라 장인장모가 사위를 부르는 말도 서방이다. 그렇다면 여기서 의문 한 가지, 남편이 서방에 계속 살아서 호칭까지 서방님이 될 정도면 부부간 남녀상열지사의 정은 어떻게 쌓았을까? 늦은 밤이 되면 남편이 아내의 방에 왔다가 이른 새벽 다시 서방으로 돌아가는 식이었다. 그래서 조선시대 후기에는 안채와 사랑채 사이의 통행이 빈번한 것을 고려해 이 둘을 연결하는 긴 마루를 만들기도 했다.

중세 유럽에서도 마찬가지였다. 오늘날 유럽의 대저택이나 성을 보면 아내의 침실, 남편의 침실이 따로 있는 걸 알 수 있다. 프랑스 베르사유 궁전에도 왕비의 침실, 왕의 침실이 별도로 마련되어 있다. 왕비는 자신의 시녀들을 데리고 자신의 방에서 생활했고 왕 역시 마찬가지였기 때문이다. 그러다가 19세기에 중산층이 성장하면서 연애결혼이 유행했고 부부간의 사랑이 중시되었으며 결혼과 동시에 부부가 한방을 쓰는 게 당연시되기 시작했다.

그러니까 부부가 한방을 쓰는 건 대략 19세기부터 전 세계적으로 퍼진 현상에 불과할 뿐 만고불변의 진리도 서로 간의 책무도 아니다. 생활패턴이나 출퇴근 시간이 다르다면 또는 독립된 생활을 중요시한다면 서로 침실을 따로 사용할 수 있는 일이다. 아울러 21세기에도 여전히 중요한 남녀상열지사 문제를 해결하기 위해서는 누군가 한 사람의 방에는 더블침대를 놓고 방문하는 방식을 택할 수 있다. 참고로 동양이든 서양이든 부부가 각방을 쓰던 시절에는 대개 남편이 아내의 방을 방문하는 형식이었고 그래서 여성이 쓰는 침대가 더 크고 안락한 편이었다.

3LDK(쓰리룸)의 공간 구성

집이 좀더 넓어져 거실 하나에 방이 3개가 있는 구조라면 더 다양한 조합이 가능하다.

거실+침실+서재+드레스룸

방 하나를 독립된 드레스룸으로 쓰는 형식이다. 예전에는 대개 안방에 침대와 옷장을 함께 두었다. 그러나 이제는 생활수준이 높아지면서 옷 말고도 가방, 시계, 신발 등 패션 소품이 많아져 별도의 드레스룸이 필요해졌다. 또한 외부의 먼지나 오염 물질 때문에 옷을 침실에 두는 것을 꺼리는 것도 드레스룸을 따로 만드는 이유 중 하나다. 무엇보다 24 평짜리 소형 아파트라도 방을 3개 만드는 경우가 많아지면서 각각의 방의 크기가 작아진 탓이 크다. 즉 더블침대 하나만 넣어도 침실이 꽉 차기 때문에 옷장을 둘 공간이 부족해 별도의 드레스룸을 만드는 것이다. 이렇게 되면 자연히 남은 방 2개는 침실, 서재 또는 취미실로 만드는 경우가 많다(2인가구라면 결국 방 3개를 두 사람이 다 공유하는 셈이다).

거실+아내 방+남편 방+서재

2인가구라면 침실은 두 사람이 따로 쓰되 나머지 방 1개를 서재로 공유할 수도 있다. 이는 명확한 기능 분리에 따른 선택이라 할 수 있다. 일반적으로 주택 내의 공간은 공적 공간public space과 사적 공간private space으로 크게 나뉜다. 4인가구가 3LDK 아파트에 산다고 할 때 거실과 주방은 온 가족이 함께 쓴다는 점에서 공적 공간이지만 방, 즉 침실은 구성원이 각자 쓰는 사적 공간이다. 그래서 "내 방에 마음대로 들어오지 마", "내 방은 치우지 마"라고 하는 것이다. 이런 맥락에서 침실은 각자 쓰되 거실, 서재 등을 함께 쓰는 건 명확한 공간 구분에 따른 합리적 방법이라 할 수 있다.

거실+침실+아내 서재+남편 서재

또는 침실은 공동으로 쓰되 서재(작업실 또는 취미실)는 각자 따로 쓰는 방법도 있다. 서재는 거실과 같은 공적 공간일 수도 있지만 일기장, PC 등을 둔다는 점에서 침실만큼이나 사적인 공간일 수도 있다. 실제로 서재를 함께 쓰다 보면 의외로 불편한 문제가 많이 생긴다. 한 사람은 게임을 몹시 좋아하고 다른 한 사람은 독서를 좋아한다면 이 두 가지를 한 공간에서 함께하기가 어렵다. 또 피규어를 수집해 서재에 두는 게 취미인 사람이 있다면 다른 사람이 혹시나 잘못 건드릴까 봐 그 방에 들어오는 게 몹시 불편할 수 있다. 따라서 2인가구라면 서재를 작업실이자 취미실 개념으로 쓰기 위해 각자가 따로 방을 갖는 것도 방법이다. 맞벌이 비율이 높아져 이에 따른 각자의 전문 영역이 생긴 것도 서재를 따로 가져야 할 이유로 작용한다.

대학 2학년 설계 수업 시간에 각자 전문직을 가진 40대 부부가 살 집을 설계하라는 과제를 받았을 때 나는 서재가 2개인 집을 만들었다. 그리고 결과는 참담했다.

"이런 집이 어디 있어? 서재가 왜 2개나 필요해?"

그 말을 한 사람의 머릿속에는 결혼한 남자를 모두 서방이라 일컫는 것처럼 서재는 곧 남자의 방이라는 생각이 박힌 모양이었다.

그리고 10여 년이 지났다. 나는 결혼으로 2인가구가 되었다. 방 하나는 침실로, 또 하나는 서재로 쓰던 24평의 2LDK 아파트에서 우리는 무언가가 몹시 불편하다는 걸 깨달았다. 함께 쓰는 침실도, 함께 쓰는 거실도, 거기에 놓인 하나뿐인 침대도 TV도 불편하지 않았지만 공동의 서재에서 컴퓨터 하나를 시간대별로 나눠 쓰는 게 무척 불편했던 것이다. 우리는 곧 3LDK 아파트로 이사를 했고 침실과 거실은 함께 쓰되 서재는 각자 따로 쓰기로 했다. 그리고 그 서재에서 나는 14권의 책을 썼다.

알파룸이 생긴다,
가치를 발견한다

새집에 이사를 하고 보니 방이 하나 남았다. 북향인 데다 창고같이 작고 어두웠는데 전에 살던 사람은 이곳을 드레스룸으로 사용했는지 커다란 붙박이장이 설치되어 있었다. 나는 여기에 카메라를 두기로 했다. 칸칸이 수납장이 많아서 카메라들을 비롯해 그에 딸린 장비들을 두기에 안성맞춤이었다. 그렇게 내게 카메라방이 생겼다.

카메라는 어둠상자에 구멍을 뚫어 사물을 보았던 것에서 시작되었다. 그래서 최초의 카메라를 사람들은 카메라 옵스큐라camera obscura라고 불렀다. 라틴어로 '어두운 방', '암실'을 뜻하는 말이다. 실제로 카메라 옵스큐라는 캄캄한 암실처럼 생겼다. 초기에는 사람이 들어갈 정도로 컸지만 가지고 다닐 정도로 점점 작아졌고 나중에는 화가들의 필수품이 되었다고 한다.

'어두운 방'들을 진짜로 작고 어두운 방에 넣으면서 재미있다는 생각을 했다. 물론 언제까지 이 방이 카메라들의 차지가 될지는 모른다. 언제고 새로운 필요가 생기면 방의 주인도, 목적도 달라질 것이다.

알파룸이 생긴다, 가치를 발견한다

어떤 방은 시대에 따라 없어지고 생긴다

4인가구가 3LDK 아파트에 산다고 할 때 각 방은 방 주인의 이름을 따서 부르곤 한다. 엄마아빠방, 철수방, 영희방. 이처럼 방이 사용자의 이름으로 일컬어지는 것은 개인이 독방을 사용하는 현대의 풍습에 따라 굳어진 습관일 뿐이다. 본래 각 방은 식사실, 거실, 응접실처럼 사용자별이 아닌 기능별로 부르는 게 일반적이었고, 또한 주택에 어떤 방을 둘 것인가 하는 것은 시대별로 달랐다.

　이를테면 중세 유럽 귀족의 주택에서 가장 중요한 방은 무기실과 기도실이었다. 전쟁이 났을 때 직접 무장을 하고 출전하는 게 귀족의 의무 중 하나였기 때문에 갑옷과 무기를 보관하는 무기실은 귀족의 정체성을 보여주는 가장 중요한 방이었다. 또한 종교가 지배했던 시대였으므로 누구의 방해도 받지 않고 조용히 기도를 할 수 있는 기도실이 필수였다. 하지만 중세 이후 기사 계급이 쇠퇴하고 신흥 중산층이 상류사회에 등장하면서 새로운 방이 떠올랐다. 바로 서재다. 그리하여 18~19세기에 유럽의 집에서 가장 중요하고도 격식 있는 방은 서재였고 신사들은 그곳에서 하루의 대부분을 보냈다. 아울러 살롱salon(사교적 모임을 주로 하는 서양의 객실, 응접실)이 새롭게 등장하기도 했다. 살롱은 여성이 손님을 맞이해 접대하기 위한 방이었다. 당시 여성들은 별다른 사회생활을 하지 않았기 때문에 종일 집 안에서만 지내야 했다. 상인층이나 서민층 여성은 가사노동으로 바빴지만 중산층이나 귀족층 여성은 가사노동이 아닌, 집에 찾아오는 손님을 접대하는 게 주요한 일이었으므로 이를 전담할 별도의 방이 필요했던 것이다. 격식 있는 가문의 경우엔 집에 살롱이 2개 이상 있기도 했다. 하나는 매주 한 가지 주제를 정해놓고 명사를 일고여덟 명 초대해 대화를 나누는, 마치 지금의 동아리 같은 모임을 주관하는 공간으로 쓰고 나머지 하나는 친한 친구끼리 격식을 차리지 않고 좀 더 편안한 대화를 주고받는 공간으로 나누어 쓰는 경우도 있었기 때문이다. 살롱은 17~18세기 프랑스 주택에서 가장 중요한 방이었지만 현대 주택에서 살롱을 두는 예는 없다. 중세의 무기실 또한 그렇다. 시대가 바뀌면서 이제는 사라진 방이 되었다.

우리나라도 마찬가지다. 불과 수십 년 전과 비교해봐도 이제는 없어지거나 새로 생긴 방들이 있다. 없어진 방의 예로, 1960~1970년대 중산층 주택에는 응접실과 가정부방이 반드시 있었다. 당시 온 가족이 주로 모이는 방은 안방이었고 손님이 찾아왔을 때를 위해 응접실을 두었다(예전에는 거실을 응접실이라 불렀다. 거실 소파세트를 응접세트라고 했다).

19세기 유럽의 주택

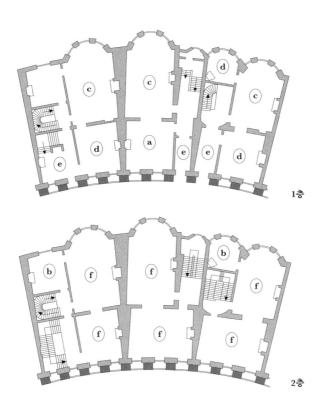

1층

2층

a 응접실

b 라이팅룸

c 식당

d 서재

e 홀

f 살롱

1층은 남성, 2층은 여성의 공간이다.
침실은 3층에 있었다.

알파룸이 생긴다, 가치를 발견한다

1970년대 한국의 주택

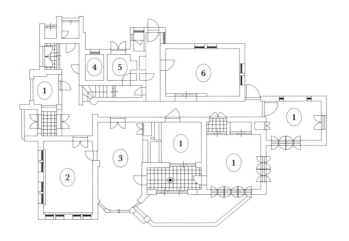

1 방

2 응접실

3 서재

4 가정부방

5 주방

6 식당

주방 옆에 가정부방이 딸려 있었다.

다른 방들에 비해 아주 작다.

　　　　　　　　　　　　　알파룸이 생긴다, 가치를 발견한다

또한 중산층이라면 대개 집에 상주하는 가정부를 두었기 때문에 가정부방이 필수였다(가정부를 두고 살던 집이 전체에서 20~30%나 되었다). 이후 응접실은 거실로 이름이 바뀌었지만 가정부방은 1980~1990년대에 건축된 중대형 아파트에도 남아 있었다. 가정부는 이미 시간제로 일하는 가사도우미로 대체되는 시기였지만 집에 '가정부방'이 있다는 게 중산층이라는 걸 드러내는 지표로 작용하면서 건축가들은 부엌 옆에 작은 골방을 하나씩 그려 넣고 가정부방이라 이름 붙이곤 했다. 그리고 그 방은 이제 팬트리pantry(주방 옆에 있으며 음식과 식자재를 보관하는 곳)나 다용도실로 개조되었다. 시대가 변하면서 사라진 것이다.

또한 최근에 생겨난 방도 있다. 드레스룸과 파우더룸은 기껏해야 20여 년 전에 등장했다. 그전에는 안방에 열두 자짜리 장롱과 화장대를 두는 게 보통이어서 옷을 수납하기 위한 방을 따로 만든다는 것 자체가 생소한 개념이었다.

이처럼 시대가 변하면 반드시 있어야 했던 중요한 방이 사라지기도 하고 전에 없던 필요에 따른 새로운 방이 나타나기도 한다. 방은 쓰기 나름이다. 특히나 1인가구가 대세가 된 지금은 남는 방, 이 알파룸을 어떻게 쓰느냐는 순전히 개인의 선택이라고 할 수 있다.

반려인처럼 반려동물에게도 방이 필요해

한국농촌경제연구원에 따르면 반려동물을 키우는 가구는 2017년 기준 574만 가구로 전체에서 29.4%나 된다. 세 집 가운데 한 집은 반려동물을 키운다는 얘기다. 종이 다른 동물을 여러 마리 함께 키우는 경우도 많다. 그래서 요즘엔 방 한 칸을 소중한 반려동물들에게 내줬다는 사람들을 심심치 않게 볼 수 있다.

개나 고양이를 위해 방 하나를 할애한다는 건 예전에는 상상도 할 수 없는 일이었다. 하지만 가정부가 없으면서도 조그만 골방을 만들어 가정부방이라 이름 붙여놓고 그곳에 구닥다리 부엌살림을 쌓아두던 것과 비교해보면 그다지 이상한 일도 아니다. 가정부방에는 가정부가 없지만 고양이방에는 고양이가 있으니까.

예전에는 반려동물이라고 하면 보통 개였다(반려라는 표현을 하진 않았지만). 주로 마당 있는 집에서 집 지키기 목적으로 목줄에 묶어놓고. 그런데 요즘에는 아파트에서, 자유롭게 풀어놓고, 심지어 대형견도 흔히 키운다. 다만 개는 워낙 활동량이 많은 아이들이라 하루에 한 번은 밖에 데리고 나가 산책을 시켜줘야 한다. 그렇다 보니 혼자 사는 사람은 본인이 아니면 따로 산책을 시켜줄 사람이 없어 개보다는 고양이를 더 선호하기도 한다. 특히 원룸이나 좁은 집에 사는 사람이 많아지면서 상대적으로 얌전한 고양이를 키우는 가구가 늘고 있다. 고양이는 산책을 시켜줄 필요는 없지만 대신 영역동물이라 자신만의 공간을 만들어주는 게 좋다. 그런 이유로 방 하나를 고양이에게 주는 경우가 늘고 있다. 이것저것 고양이를 키우는 데 필요한 용품을 한곳에 정리하고 부피가 큰 캣타워를 두기 위해서는 사실 방 하나를 할애하는 게 보기에 깔끔하긴 하다.

개, 고양이 말고 어항을 두고 물고기나 산호를 키우는 사람, 희귀 파충류와 곤충을 키우는 사람도 있다. 이런 경우에 방 하나를 반려동물방으로 만들면 취미방으로도 손색이 없다. 한편 반려동물이 아닌 반려식물 키우기에 공을 들이는 사람도 많다. 만약 방 하나를 할애해 좋아하는 식물을 모아놓고 키운다면 그곳은 혼자만을 위한 식물원이 될 것이다.

1인가구가 많아지면서 홈족home族이란 신조어가 생겼다. 되도록 밖에 나가지 않고 집에서 여가까지 해결하는 사람을 일컫는다. 비슷한 말로 코쿤족cocoon族이라고도 한다(코쿤은 누에고치를 뜻한다). 한때는 사회생활을 하지 않고 집에만 틀어박혀 있는 소심한 사람이라는 부정적인 이미지가 강했지만, 외부와 소통함으로써 생기는 불필요한 감정낭비를 줄이고 자신만의 시간에 집중하자는 의미에서 요즘은 긍정적인 이미지로 바뀌고 있다. 정말로 동물과 식물을 좋아한다면 과감히 집 안에 반려동물, 반려식물을 위한 방을 꾸며보는 것도 괜찮은 선택이다.

먹고 마시는 일이 즐거운 홈카페, 홈바

집 말고 자신이 가장 좋아하는 장소, 가장 자주 가는 장소가 어디인가를 떠올려 보자. 카페 특유의 분위기를 좋아하고 하루에 한 번은 커피를 마셔야 한다면 집 안에 홈카페를 만드는 것도 좋은 방법이다. 방 하나를 완전히 카페처럼 꾸미는 거다.

전망이 좋은 창가에 긴 바bar 형태의 테이블을 놓고 세련된 바 체어 2개를 창가를 향해 배치한 뒤 방 안에는 티테이블을 한 세트 놓는다. 여기다 한쪽 구석에 작업용 테이블을 두고 그 위에 커피머신과 커피잔, 커피용품들을 나란히 올려둔 뒤 아기자기한 소품까지 두어 개 갖다 놓으면 손쉽게 카페 분위기를 연출할 수 있다. 나만의 홈카페에서 만든 커피를 테이크아웃한 뒤 밖으로 산책을 나가보자. 값비싼 프랜차이즈 커피를 사 마시는 것보다 훨씬 경제적이고 가심비도 크다.

맥주나 와인을 좋아하는 사람이라면 홈카페 대신 홈바, 홈펍을 꾸밀 수도 있다. 와인냉장고나 투명냉장고를 두면 와인바나 펍의 느낌이 물씬 나는 인테리어를 할 수 있다. 커피머신을 두듯 수제맥주를 만들기 위한 맥주머신을 두면 맥주 전문점 같은 분위기도 낼 수 있다. 물론 카페와 펍의 분위기를 모두 살려 낮에는 카페, 밤에는 펍으로 사용할 수도 있다.

이러한 홈카페, 홈바는 단순히 커피와 술을 마시는 예외적인 공간이 아니라 밥을 먹는 일상적인 공간으로도 활용할 수가 있다. 사실 유럽이나 미국의 주택과 비교해 우리나라 주택에서 가장 옹색한 공간이 바로 식사 장소다. 본래 유럽에서는 식당과 살롱의 유무로 그 집이 중산층인가 아닌가를 판단했다. 만약 식당이 없어 부엌에서 식사를 한다면 필시 노동자 계급이거나 농촌의 주택이었다. 그런데 우리나라는 유독 식당에 대한 관념이 희박하다. 원룸은 말할 것도 없고 4인가구를 위해 설계된 아파트라 해도 별도의 식당 또는 식사실이 없다. '식당'이라는 말을 들으면 대개가 회사의 구내식당이나 학교의 학생식당을 떠올릴 정도다. 식사실이란 표현도 생소하기는 마찬가지다.

요즘 시공되는 아파트는 드레스룸에 파우더룸은 물론 팬트리까지 갖추어져 있지만 온 가족이 모여 식사하는 공간은 따로 마련되어 있지 않다. 누군가는 식사는 식탁에서 하고 있다고 하겠지만 그 식탁이 지금 어디에 놓여 있는가를 생각해보자. 소형 아파트라면 주방 옆 한쪽에 벽면을 향해 놓여 있을 것이고, 중대형 아파트라면 거실과 주방을 연결하는 통로같이 애매한 공간에 놓여 있을 것이다. 즉 식탁이 놓이는 자리는 주방에 마련되어 있고, 그래서 우리는 지금 모두 음식을 만드는 부엌에서 밥을 먹고 있다. 아무리 아름답고 고급스러운 가전제품이 들어찬 현대적 주방이라 해도 온 가족이 부엌에 앉아서 밥을 먹고 있는 것이다. 그나마 60~70평 이상의 대형 아파트가 되면 주방과 분리된 별도의 식사실이 마련되기 시작한다. 4인가구를 위해 설계된 아파트가 이러한데 1인가구를 위해 설계된 집들은 어떻게 되어 있는가 생각해보자. 싱크대 옆에 작은 테이블이라도 하나 놓을 수 있다면 그나마 다행이다. 그러나 그 정도 공간조차 없어 책상 앞에서 모니터를 마주하고 밥을 먹거나 방안에 놓인 좌식 테이블에서 TV를 보며 밥을 먹는 경우가 흔하다.

이때 홈카페가 있다면 이 방을 식사 공간으로 이용할 수 있다. 느지막이 일어난 휴일 아침의 브런치는 창 쪽으로

알파룸이 생긴다, 가치를 발견한다

면한 바테이블에서 하고 저녁 식사는 2인용 티테이블에서 하는 건 어떨까. 예쁜 카페에서 조용히 혼밥을 하는 느낌이 들 것이다. 혼자 먹는 식사라도 부디 예쁘게 차려 먹자. 크리스마스나 생일처럼 특별한 날이라면 더욱 정성 들여 식사를 준비하고 새하얀 식탁보에 꽃 한 송이를 꽂아보면 어떨까. 그 모든 것을 가능케 하는 공간이 홈카페, 홈펍이다.

홈카페, 홈펍은 상황에 따라 살롱으로도 사용할 수 있다. 앤티크한 가구를 놓고 꽃무늬가 들어간 카펫, 커튼을 달면 18세기 프랑스 부르주아들이 머물던 살롱 느낌을 낼 수 있다. 앞서 식당과 살롱의 유무가 중산층과 노동자 계층의 주거를 구분 짓는 기준이었다는 점을 생각해보자. 알파룸이 있다면 한번 해볼 수 있는 시도다.

홈트레이닝룸으로 홈코노미를

퇴근 후 매일 피트니스 센터에 간다면, 운동이 가장 확실하고도 즐거운 스트레스 해소 수단이라면 집 안에 홈트레이닝룸을 만드는 것도 좋다. 아무리 시설 좋은 피트니스 센터에 간다고 해도 막상 이용하는 운동기구는 제한되어 있기 쉽고, 그 기구를 다른 사람이 사용하고 있는 경우도 많아서 차례를 기다리다가 포기했던 일들을 떠올려 보자. 그렇다면 자주 사용하는 기구를 2~3개 사서 나만의 피트니스 센터를 만들어보는 게 어떨까. 한쪽에 전신거울을 세우고 바닥에 푹신한 흡음 매트리스를 깐다. 오디오 시설이 있으면 좋다. 아니면 한쪽 벽에 벽걸이 TV를 설치해 요가 비디오나 헬스 비디오를 시청하며 운동할 수도 있다. 요즘은 혼자 운동하는 사람들을 위한 앱도 많아서 굳이 피트니스 센터에 갈 필요가 없다. 가끔 동네 피트니스 센터에 가면 젊은 여성들을 너무 뚫어지게 쳐다보는 노인들을 비롯해 많은 꼴불견을 볼 수 있는데 그 모든 것에서 자유로워질 수 있다. 또 피트니스 센터 비용도 만만치 않다. 차라리 1년치 비용을 모아 집에다 전용 피트니스 센터를 만드는 게 나을 수 있다. 이것이 바로 집에서 모든 것을 해결하면서 경제적으로도 이득을 얻는 홈코노미home+economy다.

즐거운 나의 덕후룸

피규어처럼 좋아하는 수집품을 모아놓는 방으로 알파룸을 활용해도 좋다. 고가의 구체관절 인형을 수집하는 사람이라면 그 아이들을 위한 인형의 방도 필요한 법이다. 인형뿐만 아니라 인형을 위한 가구와 소품, 옷을 넣어둘 수 있는 미니 옷장 등을 두어 완벽한 인형의 집으로 꾸미는 것이다. 특히 레고나 실바니안패밀리 인형의 경우는 피규어 자체보다 그에 딸린 집과 소품이 더 많은데 이를 모아서 마을을 만들 수도 있다.

한때는 장난감을 좋아하는 어른을 두고 철없는 사람 취급을 하기도 했지만 지금은 그런 인식이 희미해졌다. 이미 레고 업계에서는 기존의 어린이 고객 대신 키덜트kidult 고객이 큰손으로 자리 잡았다. 키덜트는 어린 시절에 마음대로 사지 못했던 장난감을 어른이 된 지금 즐기는 사람들이다. 레고 업계는 이들을 타깃으로 수집을 위한 성인용 레고 모델 개발에 더 치중하고 있다. 이처럼 자신이 좋아하는 취미용품과 수집품을 모아놓은 방을 덕후룸[11]이라고 부르면 어떨까.

정말 소중하다면 무엇이든 상관없다. 어린 시절부터 모아온 인형이든 값비싼 피규어든. 가장 집중해서 해야 하는

작업을, 가장 큰 힐링이 되는 취미를 위한 방으로 만들면
된다.

11 덕후는 특정 분야의 취미에 몰두해 있는 사람을 말하는
    일본어 오타쿠御宅를 오덕후라고 발음한 데에서 유래한다.
    재미있게도 '타쿠'의 한자는 댁(남의 집)을 뜻하며 '오'는
    존경을 뜻하는 접두어다. 말하자면 '님'의 의미로 쓰던
    존칭이었다. 원래 인터넷 커뮤니티 용어였으나 나중에는 '집'
    밖에 나가지 않고 취미에만 몰두하는 사람을 비아냥거리는
    일반적인 표현이 되었다. 그리고 다시 의미가 확장되어
    이제는 마니아 수준을 넘어선 특정 분야의 전문가라는
    긍정적인 이미지가 생겼다.

나에게는 알파룸을 어떻게 쓸지가 큰 고민이 아니었다. 내게 중요한 것은 책과 카메라였다. 어린 시절부터 가장 좋아하는 것은 책이었고 그다음은 사진과 카메라였다. 그래서 언제나 침실 외에 알파룸이 생기면 서재를 먼저 만들었고 그다음 베타룸이 생겼을 땐 카메라룸을 만들었다. 책과 카메라는 둘 다 습기에 취약하다는 공통점이 있다. 거실에는 화장실과 주방이 있어서 습기가 차고 음식 냄새도 잘 밴다. 따라서 책과 카메라는 별도의 방에 따로 보관하는 게 좋다. 무엇보다 작업을 위한 서재와 취미를 위한 카메라방을 따로 둔다는 게 내겐 너무나 근사한 일이었다. 지금도 카메라방은 내게 가장 작고, 가장 편안하고, 가장 안락한 방이다. 나의 즐거운 오락실이자 덕후룸이다.

집이 작업실이 된다,
새롭게 존재한다

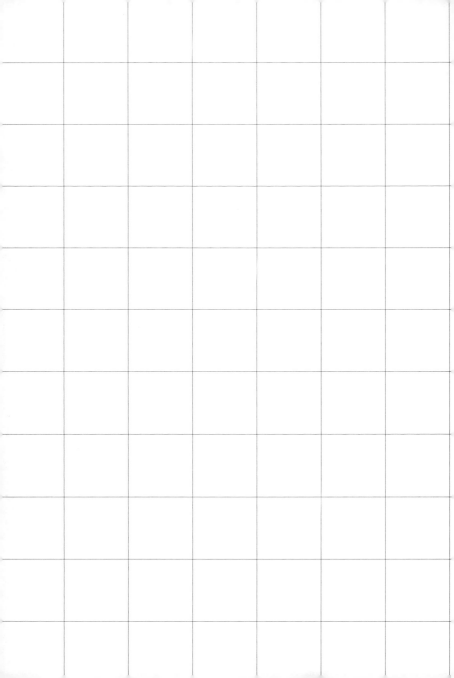

내가 사는 동네에서 가장 많이 볼 수 있는 건 카페다. 4~5 층짜리 원룸 건물이 즐비한 가운데 1층은 대개 편의점이나 식당, 아니면 카페여서 한 집 건너 카페가 하나씩 있다. 거의가 아침 일찍 열었다가 밤늦게 닫으며 때로 24시간 운영하는 카페도 있어 언제나 불이 환하다. 그곳에는 20~30대 청년들이 주로 앉아 있다. 1인용 테이블을 차지하고 앉아 책이나 노트북을 펼치고 몰두해 있는 그들은 이른바 카공족 또는 카페 오피스족이다. 이들이 증가하는 이유는 무엇일까.

나는 집업실에 산다

사무실에 출퇴근을 하지 않고 자유롭게 일하는 프리랜서, 집에서 일하는 재택근무자는 계속 늘고 있다. 20~30년 전만 해도 대학을 졸업하면 회사에 취직해 검정색 정장에 커다란 서류가방을 들고 출퇴근을 하는 게 정상적이고 보통이라고 생각했다. 그러나 이제는 재택근무, 프리랜서 활동을 비롯해 1인창업도 흔한 시대가 되었다.

　이들은 혼자서 일을 한다. 그렇다면 어디서 일을 할까? 강남이나 여의도 등지의 업무지구에 사무실을 마련하는 게 가장 이상적이겠지만 현실상 쉽지 않다. 결국 집이 곧 사무실이자 작업실이 되는 경우가 많다. 집+작업실. 즉 '집업실'에 사는 것이다.

　물론 이것도 업무 특성에 따라 조금씩 차이가 나는데 대면 업무가 많고 손님이나 업체 관계자를 만나는 일이 주요 업무라면 집과 분리된 별도의 사무실을 따로 갖는 것이 좋다. 이를테면 공인중개사, 변호사, 법무사, 건축사 등과 같이 주로 의뢰인을 상대하는 직업이 그렇다. 전문성을 부각하고 신뢰감을 주기 위해 사무실을 따로 가져야 한다. 반대로 대면 업무보다 창의적인 업무에 몰두하는 경우라면 따로 사무실을 얻기보다 집을 작업실로 꾸미는 것도 괜찮다.

도자기 공방, 의류 디자인, 작가, 일러스트레이터, 웹 디자이너 등등. 다만 문제는 집이 곧 사무실이고 작업실인데 이때 공간을 어떻게 계획하고 활용하는지에 따라 일의 능률과 삶의 질이 달라진다는 것이다.

공간을 분리해주는 집

별도의 사무실이 없는 프리랜서의 경우 가장 큰 문제가 되는 건 아래의 등식이다.

집에서 일하는 사람 = 집에 있는 사람 = 집순이

이 등식 아래 주위에서 그 일의 전문성과 직업성을 과소평가하는 경우가 종종 생긴다. 특히 작가나 디자이너처럼 무엇인가를 생산해내야 하는 창의적인 일을 하는 경우는 대개 뚜렷한 자격증이나 사업자등록증이 있는 것이 아니고 수익도 불안정해서 정식 직업이라기보단 취미나 부업 수준의 일로 치부되곤 한다. 특히 이 프레임은 남성보다는 여성에게 강하게 씌워지곤 한다. 아무리 소득이 많아도 집에서 일하는 사람이란 언제나 집에 있는 사람, 그래서 언제라도 쉽게 부를 수 있는 사람이라는 등식이 성립한다.

한 가지 예로 우리나라에서 가장 유명한 여성건축가인 김진애 선생의 이야기를 해보려 한다. 지금은 이사를 했는지 모르겠지만 2000년대 초반 그녀의 일터와 주택은 한 지붕 아래 있었다. 3층집을 지었는데 그녀의 가족(남편과 딸 둘)과 시부모, 형님 가족이 각각 한 층씩 들어가 생활했고 그녀의 건축설계 사무소는 지하에 마련되어 있었다. 서울 강남에 손수 지은 3층집, 한 지붕에 세 가족이 살고도 별도의 직원을 둘 정도로 큰 사무실이 있는 집. 그야말로 모두가 꿈꾸는 드림하우스였다. 모든 워킹맘이 꿈꾸는 집이 아닐까. 본인이 오너로 일하고 있는 직장과 집이 한데 붙어 있으니 출퇴근 걱정이 전혀 없고, 더구나 자녀가 어릴 때는 시부모에게 맡길 수 있으며, 나중에 시부모가 돌아가시고 자녀가 어른이 된 후에는 이제 그곳에 자녀가 독립해 살 수도 있는, 어쩌면 결혼 후에도 그 집에서 계속 함께 살 수 있는, 100년을 살아도 아무 걱정 없을 것 같은 집이었다. 하지만 그녀는 남다른 불편함을 안고 살았다고 한다.

한참 일에 몰두해 있을 무렵 갑자기 전화가 온다. 받아보면 1층에 계신 시어머니의 전화다.

"지금 시고모님이 모처럼 집에 오셨는데 잠시 와서 인사

드리고 가렴.”

“지난번에 아범이 ○○동 갈비가 맛있다고 하지 않았니? 있다가 저녁에 함께 시장에 가지 않으련?”

대개 이런 내용인데, 이는 집에 있는 사람 즉 집사람이자 한집에 사는 며느리에게 주로 하는 이야기들이다. 전 국민이 거의 다 알고 있는 유명 건축가이자 1994년에는 〈타임〉이 선정한 “차세대 세계리더 100인”에 유일하게 오른 한국인이었음에도 그녀의 시어머니에겐 그저 며느리이자 집에서 일하는 사람, 그래서 아무 때나 부를 수 있는 사람이었다.

이에 김진애 선생은 공과 사를 명확히 구분하기 위해 시어머니는 물론 남편이나 딸에게서 걸려오는 전화라도 직통전화나 핸드폰이 아닌 비서실을 통해 전화를 하도록 했다. 사무실로 전화를 걸어 며느리를 바꿔달라는 시어머니의 전화에 “소장님은 지금 회의 중입니다”라는 비서의 대답이 돌아오자 시어머니는 이렇게 물었다. “왜 한 건물에 있는데 인터폰을 설치하지 않고 꼭 이렇게 번거롭게 전화를 하게 하느냐”고. 만약에 성별이 바뀌었다면, 집에서 일하는 사위에게 장인이나 장모가 그렇게 소소한 집안일로 전화를 할 수 있었을까. 많은 여성의 멘토로 꼽히는 김진애 선생도 그런 딜레마를 겪었는데 다른 여성들의 상황이야

말해서 뭐할까.

부부가 맞벌이를 하는 경우 똑같은 일, 같은 재택근무라 해도 남자가 하면 어엿한 전문직으로 여기지만 여자가 하면 덜 중요한 작업, 부업, 소일거리 수준으로 대하는 경우가 많다. 그러니 이를 방지하기 위해서는 작업공간과 침실 공간을 철저히 분리하는 게 좋다. 3층집을 지어 층별로 집과 사무실을 분리하는 것까지는 아니더라도 현재 생활하는 곳에서 최대한 구분을 해야 한다. 이는 주변의 인식을 바꿔야 해서가 아니라 무엇보다 자기 자신을 둘러싼 문제를 해결하기 위해서다.

혼자 일하는 사람은 딱히 출퇴근 구분이 없어서 생활이 무질서하게 흐트러지기 쉽다. 평소에는 일이 하기 싫어 펑펑 놀다가 마감이나 제출해야 하는 날에 닥쳐 허둥지둥 밤을 새우는 사람이 많은데 그래서는 결코 제대로 일을 해낼 수 없다. 집에서 일을 하려면 철저한 자기관리가 필요하며 우선 마음가짐부터 달리해야 한다. "집에서 작업을 한다"가 아니라 "작업실에서 생활한다"라는 마인드를 가져야 한다. 이곳은 집이 아니라 작업실이며 나는 일에 몰두하기 위해 이곳에서 밥도 먹고 잠도 자고 생활한다는 인식의 전환이다. 그러자면 가구 배치나 인테리어도 주택이 아닌 오피스 레이아웃으로 해놓는 게 좋다.

원룸 중앙에 작업용 책상을 두되 책상을 벽 쪽으로 붙이지 말고 한가운데 두는 것은 어떨까? 영화나 드라마에서 말단 직원의 책상과 CEO의 책상이 어떻게 배치되어 있는지를 떠올려 보자. 직원의 책상은 구석에 위치해 벽을 보고 앉거나 파티션으로 다른 공간과 구분되어 있다. 하지만 CEO의 책상은 한가운데 놓여 있어 결코 벽을 보지 않는다. 혼자서 일한다면 자신이 곧 CEO, 최고의사결정권자이므로 사원의 레이아웃이 아닌 CEO의 레이아웃으로 앉아야 한다. 아울러 작업용 테이블을 2개 정도 갖추는 것은 어떨까? 또는 PC 작업을 하는 1인용 메인 데스크 외에 회의를 하거나 결과물을 늘어놓을 수 있는 4인용 회의 테이블을 두는 것을 어떨까? 여유가 있다면 조그만 티테이블 세트를 옆에 둘 수도 있다.

업무환경이 좋은 대기업과 열악한 영세기업을 구분 짓는 특징 중 하나는 부대시설의 여부다. 사장 1명에 직원 2명으로 이루어진 조그만 회사라면 사무실 문을 열고 들어갔을 때 책상 3개 말고는 아무것도 없는 경우가 많다. 반면 대기업은 널찍한 로비에 회의실, 휴게실, 대기실, 직원식당 등 부대시설이 많이 갖춰져 있다. 책상 같은 건 대기업이나 소기업이나 별 차이가 없다. 대기업이라고 해서 커다란 책상을 쓰는 건 아니다. 결국에는 부대시설에 따라 사무환경의 좋고 나쁨이 구분될 뿐이다.

이때 전체 공간 중에서 사무공간이 차지하는 비율을 실률率率이라고 하는데 실률이 낮을수록 당연히 그 공간은 고급스러워진다. 사무실 문을 열면 책상 3개가 전부인 소기업의 경우 실률은 100%가 될 것이다. 하지만 로비, 회의실, 휴게실, 직원식당은 물론 탁구장과 헬스장까지 마련된 대기업은 전체 공간 중에 사무공간이 차지하는 비율이 60~70%가 될 것이다. 만약 여기에 도서관과 카페테리아까지 갖추었다면 실률은 더욱 내려간다. 실률이 낮을수록 그만큼 환경이 쾌적하고 복지도 좋은 것이다. 이처럼 회사 건물에서는 꼭 필요한 업무용 공간 외에 다른 부대공간이 많이 마련될수록 좋은데 그렇다면 이를 작디작은 개인의 집에 어떻게 적용시킬 수 있을까?

건축에서는 실率의 규모를 축소하면 가구가 되고 반대로 가구의 규모를 확대하면 실率이 된다. 예를 들어 지금 우리가 사용하고 있는 캐비닛은 본래 수납가구를 가리키는 말이 아니라 17세기 프랑스 주택에서 침실에 딸린 작은 방카비네, cabinet을 뜻하는 말이었다. 카비네는 창이 없는 작은 방으로 수납실 특히 드레스룸으로 쓰였다. 그래서 지금도 프랑스어에서는 이 단어가 작은 방, 창고, 또는 서재를 일컫는다. 영어에서 이 단어가 수납가구를 뜻하게 된 것은 침실에 카비네가 따로 있었던 프랑스 귀족들의 주거환경을 영국 서민층이 흉내 내었기 때문이다. 귀족처럼 드레스룸을 따로 두고 살 수는 없었던 그들은 침실 한구석에 옷장을 만들어 캐비닛이라 불렀고 지금까지 그 의미가 굳어졌다.

우리도 예전에는 드레스룸이란 게 없었다. 대신 안방에 열두 자 장롱과 화장대를 두었다. 하지만 1990년대부터 중대형 아파트에서 침실 옆에 별도의 드레스룸을 만들기 시작했고 요즘에는 중소형 아파트에도 드레스룸은 물론 파우더룸을 두고 있다. 드레스룸은 옷장의 규모가 커진 것이고, 파우더룸은 화장대의 규모가 커진 것이다. 그렇게 가구가 독립된 '실'이 되었다. 물론 반대도 가능하다. 드레스룸이었던 카비네가 수납가구인 캐비닛이 되었듯, 실을 축소하면 가구가 된다.

바로 이 점을 프리랜서가 일하는 원룸에 적용할 수 있다. 회의실을 대신해서 4인용 테이블을 두고, 휴게실을 대신할 티테이블 세트를 놓는 것이다. 그러면 원룸은 가장 작게 축소한 나만의 회의실이자, 휴게실이자, 오피스가 된다. 이렇게 사무공간이 제대로 계획되어 있어야 피곤하다는 이유로 소파에 드러눕는 일이 없어진다. 또한 침대, 옷장, 화장대 등 침실에 있어야 할 가구는 최대한 구석으로 밀어 넣어 되도록 눈에 띄지 않게 하는 게 좋다.

집이 작업실이 된다, 새롭게 존재한다

프리랜서의 원룸, 이상적인 공간 분리

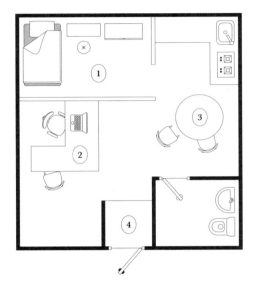

1 침실과 작업공간은 되도록 동선을 분리한다.

2 작업공간에는 커다란 테이블을 둔다. 손님이 찾아왔을 때
   앉을 만한 의자를 2개 정도 둔다.

3 주방 옆에는 티테이블을 두고 음식은 되도록 사 먹는다.
   주방을 탕비실 같은 간이주방으로 꾸민다.

4 현관문을 열었을 때 화장실, 주방, 침실이 바로 보이지
   않는 게 좋다.

집이 작업실이 된다, 새롭게 존재한다

다시 한번 말하지만 집에서 작업을 하는 게 아니라 작업실에서 생활한다고 생각해야 한다. 여기가 사무실이라면 잠시 누울 수 있는 침대는 어디에 두는 게 좋을까? 업무공간에서 잘 보이지 않는 곳, 파티션으로 가려진 곳일 것이다. 또한 가능하다면 오피스텔이 좋겠고 여유가 된다면 투룸이나 쓰리룸을 얻어 작업실과 침실을 완전히 분리하는 편이 좋다. 아울러 공간뿐 아니라 시간도 철저히 분리해야 한다.

시간을 분리해주는 집

집에서 일하는 사람이라면 공간뿐 아니라 시간도 철저히 분리해야 한다. 출퇴근 시간이 명확히 정해진 직장인처럼 아침 9시부터 저녁 6시까지는 무조건 책상 앞에 앉아 있어야 한다. 일이 없어도 출근을 하는 것처럼 놀아도 책상 앞에 앉아서 놀아야 한다. 점심시간 역시 12시에서 1시까지로 정해놓고 집밥 대신 집 밖으로 나가 사 먹거나 도시락으로 해결하는 것이 좋다. 회사에서 일을 할 때 업무시간에 집으로 와서 집밥을 차려 먹는 경우가 없듯이.

아울러 옷차림도 중요한데 집에서 입는 옷과 일하는 옷

을 구분해야 한다. 자기관리에 철저한 사람들 중에는 집에서 일을 할 때도 긴장감을 느끼기 위해 풀메이크업을 하는 경우가 있다고 한다. 그 정도까지는 아니더라도 일을 할 때는 누군가 갑자기 영상통화를 신청해도 당황하지 않고 곧바로 받을 수 있을 만큼 단정한 복장을 하는 게 좋다. 아침 10시쯤 느지막이 일어나 11시까지 빈둥거리다가 12시쯤 냉장고를 뒤져 아침 겸 점심을 먹고 수면바지 차림 그대로 책상 앞에 앉았다가 한 시간도 못 견디고 소파에 드러누워 스마트폰을 만지작거린다면 이건 누가 봐도 소일거리나 취미 수준의 일이지 결코 직업이라 할 수 없다. 시간 구분이란 곧 마인드 관리라고도 할 수 있는데 시간을 분리하는 또 하나의 방법은 '인위적 출근'을 하는 것이다.

아침 9시로 출근 시간을 정해놓았다면 8시쯤 출근 복장을 하고 집을 나서 동네 한 바퀴를 돌며 상쾌한 아침 공기를 마시고 집에 돌아와, 아니 작업실로 출근해 일을 하는 것이다. 또는 조금 멀리 있는 카페까지 걸어가서 커피 한 잔을 테이크아웃으로 사서 다시 같은 길을 돌아오는 것도 좋다. 이는 "이 길이 내 출근길이다"라는 일종의 자기암시이자 하루를 시작하는 의식, 절차라고 할 수 있는데 공간을 구분하듯이 시간도 철저히 구분해야 프리랜서 생활이 지나치게 프리해지지 않는다.

현대의 집은 명확한 직주분리職住分離(일터와 가정이 서로 떨어짐)의 원칙에 따라 주거전용이 되었지만 이는 18세기 산업혁명 이후에 굳어진 관행일 뿐이다. 집은 본래 일도 하고 생활도 하는 직주통합의 공간이었다. 중세 유럽 장인이나 상공인의 집에는 1층에 작업실과 상점을 겸하는 공방이 있었고 2층에는 거주공간, 3층에는 창고나 도제의 숙소가 있었다. 시골 농가 역시 버터와 치즈를 만들고 저장하는 작업장과 거주공간이 합쳐져 있었다. 그러나 산업혁명이 일어나면서 모든 것이 바뀌었다. 대규모 공장과 기업이 등장해 사람들이 공장과 회사로 출퇴근을 하자 집은 점차 생산 기능이 소멸되고 밥만 먹고 잠만 자는 소비 기능만 남게 되었다. 비싼 집을 사놓고도 아침에 일찍 나갔다가 저녁 늦게야 돌아오는, 그래서 실제 집을 이용하고 향유하는 시간이 얼마 되지 않는 직장인이 많다. 더구나 집과 직장의 거리가 멀어 왕복 2~3시간이나 되는 시간을 길에서 허비하는 경우도 많다.

하지만 이제 이러한 패러다임은 다시 바뀌고 있다. 산업형태가 바뀌면서 대형 공장이 사라지고 생산과 제작을 아웃소싱하는 경우가 많고 기계화, 무인화를 통해 기업의 규모가 다운사이징되고 있다. 무엇보다 창업이나 1인기업, 소호SOHO: Small Office Home Office, 재택근무 등으로 집에서 일하는 사람이 증가하면서 집은 직주분리의 공간이 아닌 직주통합, 직주합일의 공간으로 거듭나고 있다. 침실과 거실로만 이루어진 주거전용의 공간에서 사무실이나 작업실이 추가된 직주합일의 공간으로 바꾸어 생각할 수 있는 것이다.

그런데 집이 원룸이라 도저히 작업공간을 따로 마련할 수가 없다면? 문을 열자마자 바로 부엌이 있고 그 옆에는 침대가 자리를 차지하고 있어서 회의용 테이블이나 티테이블 세트는커녕 책상 하나 놓기도 빠듯하다면? 이럴 때는 집 가까운 곳에 공유 사무실을 이용해보는 것이 대안이다. 요즘은 워낙 소호업종이나 1인창업이 많기 때문에 공유 사무실이 활성화되어 있다. 캐럴(개인 열람실) 크기의 조그만 사무실을 배정받는 것 외에 회의실을 이용할 수 있고 팩스나 프린터 등 사무기기를 이용할 수 있어 편리하다. 특히 스타트업의 업무공간으로 코워킹 스페이스co-working space도 유행하고 있다. 대학가 주변에 스터디카페가 많은 것처럼 사무실이 밀집한 강남역 주변에는 하루 이용료를 내고 사용할 수 있는 공유 오피스가 많다. 그도 저도 아니라면, 좀더 자유로운 공간을 원한다면 집 근처의 카페나 스터디카페를 이용할 수도 있다. 카페는 본래 차를 마시고 이야기를 나누는 공간이었으나 요즘에는 공부를 하거나 사무를 보는 공간으로 그 용도가 변화한 곳 중 하나다.

우리 동네에는 한 집 건너 카페가 있고 언제든지 불이 환하다. 책을 펴고 공부를 하거나 노트북을 펼치고 작업을 하는 사람들로 언제나 북적인다. 사람들이 집을 놔두고 나와 그곳에서 일을 하는 이유는 집에서 일을 하기가 마땅치 않기 때문이다. 그러나 장기적으로 봤을 때 재택근무가 가능하도록 집의 레이아웃을 바꾸는 게 효율적일 수 있다. 집에서 일하는 프리랜서가 아니고, 종일 집에 있길 좋아하는 집순이도 아닌, 그저 일에 몰두하기 위해 작업실에서 생활하고 잠도 자는 합리적 도시 생활자가 되어보는 것은 어떨까.

호캉스를 떠난다,
다시
공간을 생각한다

저녁에 대학동기들과의 약속이 있어 많이 늦을 거라는 남편의 전화를 받은 뒤 집 가까운 곳에 있는 모텔을 예약했다. 마을버스를 타고 10분 거리에 있는 성신여대 근처의 작고 예쁜 모텔이었다. 신혼 초 내가 가장 견디기 어려운 것 중에 하나가 남편의 늦은 귀가였다. 그렇다고 그 사람이 술자리라면 사족을 못 쓰는 주당이라든가 새벽녘에야 들어오는 사람도 아니었다. 아무리 늦어도 자정 전에는 들어오는 신데렐라 같은 사람이었지만 늦은 밤 우두커니 빈집에 홀로 앉아 사람을 기다린다는 것이 왜 그리 힘들었는지 모르겠다.

이제는 그를 기다리는 대신 내가 집을 벗어나곤 한다. 근처의 호텔이나 모텔로 1박을 하러 가는 것이다. 다행히 여대 근처에는 여학생 눈높이에 맞춘 숙박업소가 많다. 생각해보면 그것은 맛집을 찾아가거나 카페에 가는 것과 비슷하다. 우리가 외식을 하는 이유는 집에 밥이 없어서가 아니라 무언가 색다른 음식을 먹어보고 또 색다른 분위기를 느껴보고 싶어서다. 집에 커피머신을 두고도 동네 카페에 가는 이유도 마찬가지다.

외식의 이유가 이러한데 외박의 이유라고 달라야 할까.

귀족이 누리던 호사가 호텔 서비스로

짧은 휴가를 맞이해 해외나 국내로 여행을 가는 대신 도시의 깔끔한 호텔에서 1~2박을 하는 호캉스hotel+vacance가 유행하고 있다. 이른바 호텔로 바캉스를 간다는 뜻의 호캉스다. 얼마 전만 해도 호텔이란 해외여행을 가서나 묵는 곳이지 멀쩡한 집 놔두고 그곳에서 1박을 했다면 무언가 미심쩍은 일이 있는 게 아닌가 하는 시선을 받았다.

그런데 호텔에 숙박업소의 뜻만 있는 건 아니다. 프랑스에서 호텔은 숙박업소를 지칭하기보다는 '저택', '공공 건축물'을 뜻하는 말로 쓰였다. 지금도 프랑스에 가면 시청을 '시의 집'이라는 뜻으로 오텔 드 빌hôtel de ville이라고 하고, 시립병원이나 자선병원은 '하나님의 집'이라는 뜻으로 오텔디외hôtel-Dieu라고 한다. 17~18세기 프랑스 귀족들은 파리에 주거했지만 1년에 한 번 여름휴가 때면 자신의 영지에 있는 별장에 가서 얼마간 머무르곤 했다. 이 시골의 별장을 오텔 파르티퀼리에hôtel particulier라 불렀다. 공적인 주택, 관청을 뜻하는 오텔 퓌블릭hôtel public에 반해 사적인 집, 말 그대로 개인별장을 뜻했다. 주인 가족이 파리에 머무는 동안에도 시골 영지의 오텔 파르티퀼리에에는 하인들이 상주하며 집을 관리했고 주인이 휴가를 보내러 갈 것이라는 전갈이 오면 미리 청소와 식사를 해놓고 기다렸다. 이윽고 도착한 주인 가족은 관리를 총괄하고 있던 집사의 정중한 안내를 받았고 며칠을 머물며 하인들의 서비스를 받았다. 이후 19세기에 산업혁명이 일어나자 노동자 계층이 등장했고 새로운 소비층으로 부상했다. 이들은 마차 대신 자동차를 타고 한때 귀족의 영지였던 곳으로 여행을 떠났다. 그렇게 귀족들의 별장이었던 오텔 파르티퀼리에는 점차 숙박업소를 지칭하게 되었다.

지금도 과거 프랑스 귀족들이 시골 별장에서 하인들에게 받던 호사가 비슷한 서비스로 호텔에 남아 있는 것을 볼 수가 있다. 입구에서 발렛파킹을 전담하는 직원, 문을 열고 닫으며 엘리베이터의 벨을 눌러주는 벨보이, 청소를 담당하는 메이드, 방 안에서 식사를 할 수 있는 룸서비스, 객실 청소와 세탁물 서비스, 그리고 이 모두를 총괄하는 콘시어지의 존재 등이 그것이다. 아울러 귀족의 별장처럼 객실(개인 침실) 말고도 많은 부대시설이 갖추어져 있다. 식당과 볼룸은 귀족들이 무도회나 연회를 열던 장소였고, 1층 로비에 있는 카페는 본래 응접실에 해당하는 살롱이었다. 지하의 당구장과 그것이 변화해 생긴 게임룸도 본래 귀족 청년들이 유흥을 즐기던 방이었고 수영장, 헬스클럽 등도 마찬가지였다.

그러니 지금 우리가 호캉스를 간다는 건 이제는 사라져버린 과거의 귀족 문화를 조금 맛보러 가는 것이기도 하다. 프랑스식 레스토랑이나 뉴욕식 펍에 가는 것처럼, 그 장소와 분위기를 체험해보고자 호캉스를 하는 것이다.

호텔이 집보다 쾌적하게 느껴지는 이유

호텔에 가면 분명 집보다 편안하고 쾌적하게 느껴진다. 그저 방 하나에 침대 하나, 화장대 하나, 욕실 하나가 있을 뿐인데 일반 주택보다 어딘가 모르게 시원하다. 왜 그럴까?

첫째, 실률 때문이다. 호텔의 건축적 특징 하나는 실률이 낮다는 점이다. 실률은 앞서 기업의 부대시설을 이야기하면서 설명한 바 있는데, 이는 오피스의 사무공간과 비사무공간의 비율뿐만 아니라 호텔의 개인공간과 비개인공간의 비율에도 적용해볼 수 있다. 호텔에 반드시 있어야 하는 공간은 객실인데, 객실을 제외한 다른 서비스 공간이 많을수록 실률이 낮아져 쾌적해진다. 예를 들어 여관과 호텔을 비교해보자. 여관은 좁은 복도와 객실 말고는 이렇다 할 부대시설이 없기 때문에 실률이 높다. 하지만 호텔은 널찍한 로비를 비롯해 홀, 식당, 수영장 등 다른 시설이 많아서 실률이 낮다. 당연히 호텔이 훨씬 쾌적하게 느껴진다.

둘째, 높은 천장 때문이다. 지금 현재 보편적인 주거시설인 원룸이나 아파트는 층고가 매우 낮은 편이다. 르코르뷔지에가 모듈러 시스템에서 최소 높이로 설정했던 225cm에 고작 5cm를 더한 230cm이 대부분이다. 우리는 그게 적당한 층고라고 생각하기 쉽지만 사실 그건 최저임금과도 같은 것이다. 최저임금은 그 어떠한 노동이라도 그 이하의 임금을 주어서는 안 된다는 임금의 최대 하한선이지 적정임금이 아니다. 마찬가지로 225cm에 이르는 층고는 최저층고이지 절대 적정층고가 아니다. 침실의 경우 우리가 가장 쾌적함을 느끼는 층고는 250cm인데 호텔은 대개 이 높이로 설계된다. 그리고 사무실의 경우는 좀더 높아서 270~300cm으로 설계된다. 사람들의 호흡을 통해 배출되는 이산화탄소나 더운 공기는 위로 올라가는 성질을 갖는다. 따라서 층고가 높을수록 공기가 맑고 시원하게 느껴지는 건 과학적인 사실에 근거한다. 그렇다면 왜 아파트나 원룸은 이렇게 최저층고에 가까운 낮은 층고로 지어지는 걸까? 당연히 건축비를 절약해 최대이윤을 남기기 위해서다.

건축물은 무한정 높이 지을 수 없다. 지역에 따라 일정 높이 이상은 지을 수 없다는 고도제한이 있기 때문이다. 이고도제한은 층수가 아닌 높이로 설정되어 있다. 이를테면 어느 지역에서는 전체 높이 35m 이하의 건물만 지을 수 있다는 식이다. 그렇다면 35m라는 고도제한 안에서 몇 층짜리 건물을 지을 수 있을까? 전체 층수를 10층으로 한다면 한 층당 높이가 3.5m가 된다. 이 경우 층고는 3.2m에 바닥 슬래브(콘크리트를 부어서 판처럼 만든 구조물)의 두께를 30cm로 하면 거주하기가 상당히 쾌적해진다. 대개의 상업건물과 사무용 건물이 이렇게 지어지고 있다. 그런데 아파트와 같은 주거시설의 경우에는 10층이 아니라 대개 14층으로 만든다. 층고를 2.3m로 설정하고 바닥 슬래브 두께를 20cm로 하면 14층×2.5m(층고 2.3m+바닥 0.2m)가 되어 건물 전체 높이가 35m로 맞춰지기 때문이다. 이렇게 되면 층고는 2.3m로 낮아서 답답함이 느껴지고 바닥 슬래브 두께는 고작 한 뼘 너비인 20cm밖에 안 되기 때문에 허구한 날 층간소음에 시달리게 된다. 하지만 고도제한이 있는 상황에서 건축주는 더 많은 집을 분양하기 위해 최저높이의 층고에 맞춰 아파트를 짓는다. 마치 편의점 주인이 알바생에게 법정 최저임금을 주는 것과 똑같이. 따라서 집을 구할 때는 가로세로 넓이의 면적만을 중요시 여길 게 아니라 층고도 잘 살펴봐야 한다. 층고가 높을수록 쾌적하고 공간도 넓게 느껴지니까(그래서 아파트 모델하우스는 실제 층고보다 약간 높은 2.5m로 만드는 교묘한 꼼수를 부리기도 한다).

셋째, 새롭고 낯선 공간은 실제보다 크고 멋지게 인식되는 경향이 있어서다. 어릴 때 뛰놀던 골목길이나 다니던 초등학교에 가보면 생각보다 좁아서 깜짝 놀랄 때가 있다. 이렇게 좁은 곳에서 어떻게 뛰어 놀았는지 신기하게 생각될 정도다. 이미 그 공간을 잘 알고 익숙해진 입장에서는 실제보다 작고 초라하게 느끼는 것이다. 집과 호텔도 마찬가지다. 집은 항상 머무는 곳이라서 실제보다 작게 느껴진다. 반면 처음 이용하는 낯선 호텔은 실제보다 넓고 멋지게 느껴진다. 심리학적으로도 낯선 공간은 어디에서 위험요소가 튀어 나올지 몰라 사람을 위축시키며 경계하게 만든다. 그런 탓에 낯선 공간은 익숙한 공간보다 (경계할 요소가 많은) 상대적으로 더 큰 곳으로 여겨진다. 우리가 호텔이 멋지고 생동감이 있다고 느끼는 이유는 바로 여기에 있다.

머무르며 즐기는 스테이케이션

휴가의 의미가 변하고 있다. 예전에는 직장인에게 휴가란 고작 한 번뿐인 여름휴가가 전부여서 그 휴가를 의미 있게 쓰기 위해 해외로 나가거나 제주도, 하다못해 동해바다로라도 여행을 떠나는 사람이 많았다. 휴가란 곧 여행이며 여행은 멀리 다녀올수록 좋다는 고정관념이 생긴 것이다. 되도록 멀리 나가 새롭고 신기한 풍경을 보고 오기. 이것이 1년에 한 번뿐인 휴가를 만끽하는 방법이었다. 그러나 지금의 휴가는 좀더 일상과 가까워졌고 멀리 떠날 기회보다는 일에서 물러나 잠시 쉬는 시간이라는 의미가 강해지고 있다. 호텔에 머무르며 휴식을 한다는 뜻의 스테이케이션 stay+vacation이 여가 트렌드가 될 정도로 말이다.

일상에서 물러난 비일상, 집을 떠나 안락하고 편안히 며칠을 쉬다 오는 진정한 의미의 휴가를 보내기에 사실 호텔은 더할 나위 없이 좋은 장소다. 2~3일 또는 1박이라도 짧게 언제든 다녀올 수 있고 해외여행과 비교하면 비용도 저렴한 편이다. 해외여행을 하자면 가장 큰 비용이 드는 게 항공권이어서 막상 여행지에서의 숙소는 값싼 곳으로 잡는 경우가 많다. 파리나 런던으로 여행지를 잡고 나니 항공권이 너무 비싸 숙소는 유스호스텔이나 민박으로 잡는다는 사람이 많다. 열 시간이 넘는 비행시간 내내 가뜩이나 좁은 이코노미 클래스에서 칼잠을 자며 버텼는데 현지 숙소 역시 비좁고 불편하기는 마찬가지다. 5성급은 바라지도 않고 3~4성급의 작은 호텔이라도 마음 편히 예약할 순 없는 걸까. 그 대안 중 하나가 국내 도심에서 즐기는 호캉스다. 교통비가 들지 않기 때문에 서비스와 시설이 좋은 고급 호텔을 이용할 수 있다.

지금의 여행은 자연경관과 유적지를 둘러보고 오던 과거의 여행과 달리 맛집 탐방, 쇼핑, 그리고 도시를 걸으며 분위기를 체험하는 것으로 그 테마가 바뀌었다. 서울도 볼거리가 많은 도시로 외국인들에게는 인기 있는 관광지 중 하나다. 이 도시를 호텔과 함께 즐겨 보는 것도 꽤 새로운 여행이 될 수 있다. 이를테면 서울 강북의 조용한 동네에 사는 사람이라면 강남에 있는 호텔을 잡는 것이다. 항공권을 구입할 필요가 없으니 그 돈으로 고급 호텔을 예약하자. 수영장을 비롯해 리조트 같은 각종 시설이 잘 갖추어져 있는 데다 조식 서비스도 누릴 수 있으니 17세기 프랑스 귀족과 다를 바가 없다. 최근에는 호캉스용으로 특화된 도심 테마호텔도 등장하고 있다. 각 방의 내부가 앤티크룸, 프린세스룸, 모던룸 등 콘셉트에 따라 꾸며져 있어 각자 먹고 싶은 음식을 고르듯 입맛에 맞는 방을 선택할 수도 있다고 한다.

혼자 쉬기 위해 떠나는 호캉스 말고 친구들과 밤새워 파티를 하기 위해 떠나는 호캉스도 있다. 작은 집에 사는 1인 가구는 홈파티는커녕 친구를 집에 부르기도 쉽지 않다. 이럴 때 호텔 룸 하나를 예약하면 편하다. 친구들과 저녁 먹고 술 한잔하다가 새벽이 되어 곤란했던 경험들이 있을 것이다. 자리를 옮길 데가 마땅치 않아서, 문 열린 커피숍을 찾느라, 오지 않는 택시를 하염없이 기다리느라 등등. 이때 호텔을 이용하면 룸서비스를 이용하면서 아무의 방해도 받지 않고 놀 수 있고 비용도 절약할 수 있다. 많은 게 깨끗하게 해결된다. 오래전에는 주로 남자들이 이렇게 놀았다. 여관 방 하나를 잡아놓고 술을 박스째 사 들고 가서 배달음식을 안주로 시켜 밤새 술을 마시며 놀다가 하나둘 그 자리에 쓰러져 잤다. 해가 중천에 뜨도록 늘어져 잔 뒤 부스스한 얼굴로 해장국집으로 몰려가 국밥을 한 그릇씩 먹고 흩어졌다. 이제 그 문화는 여성에게로, 더 깨끗하고 더 고급스럽게 변화했다.

집보다 멀고 집보다 가까운

때로는 무언가에 집중하기 위해 또는 생각을 끊어내기 위해 호텔을 찾는 사람들도 있다. 공부를 하기 위해 고시원에 들어가거나 기도를 하기 위해 기도원에 들어가는 것과 비숫하다. 편안한 자기 집, 자기 방을 두고 낯선 곳에 가서 집중이며 생각이며 기도 따위를 하는 이유가 뭘까. 어떤 한 가지에 집중하는 데에 새롭고 낯선 장소에 가는 게 효과적이기 때문이다. 이는 스포츠 선수들이 외국에 나가 집중적으로 전지훈련을 하는 것과도 같다. 장소가 바뀌면 잡생각이 끊어져 일에 집중하기 쉽다.

집은 오래 머문 공간이라서 따듯하고 편안하기도 하지만 또한 그만큼 트라우마도 있는 공간이다. 이는 마치 가족이라는 존재와도 같다. 우리는 가족이나 가까운 사람에게 차마 하지 못하는 이야기를 낯선 사람에게 오히려 속 시원히 털어놓곤 한다. 집이 아닌 호텔도 그런 공간이다. 홀로 캠핑을 가거나 혼자 낚시를 가는 남자들은 사람들과 동떨어진 곳에 텐트를 친다. 그래놓고 밤새 모닥불을 들여다보거나 찌 하나를 쳐다본다. 그렇게 시간을 보내는 게 힐링이 되기 때문이다. 그런데 여성은 그렇게 혼캠을 하거나 밤낚시를 떠나기가 사실상 어렵다. 안전하고 안락한 호텔이라는 공간은 이런 점에서 여성에게 좀더 유용한 면이 있다.

또는 온전히 일거리에 집중하기 위해 호텔에 가는 사람들도 있다. 만약 집에서 일하는 프리랜서라면 마감이나 제출을 앞두고 일이 밀렸을 때, 언제까지 반드시 그 일을 끝내야 할 때는 심기일전으로 호텔에 가서 밤을 새는 것도 방법이다. 비용을 들여 장소를 옮긴 만큼 성과를 내야 한다는 압박감이 생긴다. 집에서 불과 5분 거리에 있는 카페에 나가도 집에서보다 일에 더 집중이 되듯 가까운 모텔이라 해도 방을 옮기면 일에 더 집중이 된다.

프랑스어로 휴가를 뜻하는 바캉스vacance의 어원은 '비어 있음'을 뜻하는 라틴어 바카티오vacátio라고 한다. 텅 비어 있도록 하는 시간이 휴가다. 현대에는 모든 게 넘치도록 많다. 이것저것 잔뜩 채우고 담아 돌아오는 여행보다는 비워내는 휴식을 취하는 것이 진정한 의미의 휴가에 가깝다. 우선 비워내야 또다시 새로이 담을 수 있을 테니까.

호캉스를 떠난다, 다시 공간을 생각한다

어쩌다,
3인가구가 되었다

얼마 전 동생의 집을 방문했다. 남동생 부부는 결혼한 이래 계속 같은 아파트에서 살고 있다. 국민주택 규모인 85m²(약 25평) 3LDK 집에서 신혼살림을 시작할 때 그들은 안방을 부부 침실로, 다른 방 하나를 서재로, 그리고 나머지 하나를 드레스룸으로 사용했다.

아이가 태어났다. 그러자 드레스룸은 아기방으로 바뀌었다. 아이가 서너 살이 되자 그 방은 아이의 침실이 되었고, 이후 그 아이가 유치원에 입학하자 남동생 부부의 서재는 곧 아이의 공부방으로 변했다. 방이 3개인 그 집은 어른 둘이 침실 하나를 함께 쓰고, 나머지 방 2개는 모두 아이가 쓰는 기묘한 상황이 되었다. 솔직히 거실도 이미 아이의 교육을 위해 TV를 없애고 한쪽 면을 완전히 책장으로 메워 아이의 책을 전집으로 사다가 채워놓았으니 거실 역시 아이의 서재나 마찬가지였다.

남동생이 애지중지하던 카메라는 신혼 초 서재에 있다가 아이가 태어나자 카메라 박스에 담겨 침실 옆에 마련한 옹색한 파우더룸으로 옮겨졌다. 그렇게 집의 모든 공간이 아이를 위해 돌아갔다.

어쩌다, 3인가구가 되었다

임신, 우리는 2.5인가구가 되었다

둘만 살던 집에 변화가 생겼다. 아이가 생긴 것이다. 아이가 태어나는 건 아직도 여덟아홉 달이나 남았지만 임신을 알게 된 순간 더 이상은 2인가구의 라이프스타일로 살 수 없게 된다. 배 속의 아이에게 태명을 지어 부르며 부부는 아이가 태어난 후의 상황을 시뮬레이션한다. 둘이 살지만 세 명이 사는 듯하다. 어느새 2.5 버전으로 업그레이드가 되었다. 지금껏 2인가구의 공간이었던 집이 이제 곧 3인가구의 공간이 된다. 이제 무엇을 어찌 해야 할까.

우선 아기방을 만들어야 한다. 아직 태어나지는 않았지만 방은 미리 만들어두는 게 좋다. 부부 침실 한쪽에 아기 침대만 하나 더 놓으면 된다고 생각할 수도 있지만 그래서는 공간이 부족하다. 아기 침대는 부피를 상당히 차지한다. 부부 침실에 옷장과 더블침대를 놓았다면 그대로 꽉 차는 경우가 많아서 아기 침대까지 두기 힘들 수 있다. 또한 아이가 생겼다는 것을 알게 된 순간부터 출산용품을 하나둘 준비해야 하고, 친한 친구나 가족으로부터 선물도 들어오기 시작한다. 이래저래 물품이 늘어나기 때문에 그것들을 한곳에 모아두고 아이가 쓸 가구를 미리 놓을 방이 필요해진다. 그렇다면 어디를 아기방으로 만드는 게 좋을까.

부부 침실은 두고 서재든 드레스룸이든 방 하나를 치워서 아기방으로 만드는 게 기본적인 방법이다. 그중 가장 작은 방인 드레스룸을 아기방으로 전용하는 경우가 많다. 원래 드레스룸이었던 공간이라 어느 정도 수리나 인테리어 공사는 필요할 수 있다. 최소한 도배나 바닥재 교체는 불가피할 수 있다. 이때 인테리어는 아이가 태어나기 서너 달 전에 일찌감치 해두어야 한다. 새집증후군이 발생하기 때문이다. 새집증후군은 새집을 지었을 때뿐만 아니라 새로 인테리어를 한 경우에도 안료나 접착제 등으로 인해 발생할 수 있다. 화학제품 때문에 눈이 따갑고 매캐한 방에 갓 태어난 아이를 재운다면? 생각만 해도 아찔하다. 그래서 냄새와 유해물질이 충분히 빠지도록 넉넉잡고 서너 달 전에는 인테리어 공사를 해두어야 한다. 벽지나 바닥재는 되도록 친환경 자재를 사용하고 환기에 유의해야 하며 공사 후에는 베이크아웃bake-out을 실시하는 게 좋다. 베이크아웃이란 새집증후군을 방지하기 위한 방법 중 하나인데, 속옷이나 수건 등을 새로 샀을 때 그대로 입거나 쓰지 않고 한 번 세탁하고 난 후에 사용하는 것과 같이 집(방)의 온도를 올려 냄새를 밖으로 제거한다는 뜻이다.

아기방에 우선 갖추어야 할 가구는 아기 침대다. 방문을 열었을 때 바로 보이는 곳에 두어 언제든 아이의 상태를 체크할 수 있도록 하고, 또한 외풍이나 직사광선이 바로 들지 않도록 창가가 아닌 아늑한 곳에 마련하도록 한다. 그 외에 별도의 이동용 침대가 있으면 편리하다. 어른도 잠을 자는 침대 외에 드러누워 TV를 보는 소파가 따로 있듯 거의 종일 누워 지내는 아기에게는 메인 베드 외에 거실이나 부모의 침실에 두고 사용할 이동용 침대가 하나 더 있는 게 좋다. 아울러 기저귀 갈이대, 안락한 수유용 소파도 아기방에 함께 두어야 한다. 아기방은 아기가 혼자 쓰는 방이라기보다 아기와 엄마가 함께 쓰는 방이다. 공간에 여유가 된다면 육아일기를 쓸 만한 조그만 엄마 책상을 하나 놓아도 좋다.

아기방은 아이가 태어나기 전에 여는 파티, 즉 베이비샤워를 할 때 쓸 수도 있다. 임신 7~8개월에 이른 예비 엄마와 태어날 아이를 축복하기 위해 친구들이 모이는 자리다. 우정과 축복이 비처럼 쏟아져 내린다는 뜻으로 브라이덜샤워와 함께 베이비샤워가 몇 년 전부터 유행하고 있다. 베이비샤워 때 가장 많이 들어오는 선물이 아기 옷인데 인형 옷같이 예쁜 아기 옷은 옷장 안이 아니라 아기방 벽에 걸어도 좋다. 그 자체로 훌륭한 인테리어 소품이 된다.

이윽고 아이가 태어나면 그 방은 본격적인 육아실이 되었다가 이후 점차 아이의 침실이 될 것이다. 아장아장 걸음

마를 배우던 아이가 뛰어다니기 시작하면 이제 집의 모든 공간은 아이의 공간이 된다. 거실도 안방도 서재도 모두 아이의 방이 될 것이고, 그러다가 초등학교에 들어가면 아이에게는 침실 말고 별도의 공부방이 필요해질 것이다. 그러다 보면 어른 둘이서 침실 하나를 함께 쓰고 아이가 침실과 공부방이라는 방 2개를 사용하는 상황이 일어나게 된다. 또는 아이가 가장 넓은 안방을 공부방 겸 침실로 쓰게 될 수도 있다. 아이 책상, 아이 침대, 아이 옷장 등등 아이에게 필요한 가구가 너무 많기 때문이다. 그리고 남은 방 2개를 부부가 각자 쓰게 될지 모른다. 아이가 태어나기 전부터 이미 방을 따로 사용했던 부부라면 이 방법이 더 편할 수도 있다. 3LDK 아파트를 엄마, 아빠, 아이 3인이 각자 하나씩 사용하는 방법인데 가족이라 할지라도 서로를 방해하지 않고 집을 온전한 휴식공간으로 쓰고자 한다면 이 방법도 나쁘지 않다. 공용공간으로는 거실이 있으니까.

세상에는 정답이 없고 다만 갖가지의 해답만이 있을 뿐이
다. 비혼이나 이혼으로 혼자 살든, 이성애자 또는 동성애자
커플로 함께 살든, 그리고 그 방식이 결혼이든 동거든 인생
에 정해진 답은 없는 것처럼.

1인가구는 언제든 2인가구가 될 수 있다. 2인가구 또한
언제든 1인가구가 될 수 있다. 아니면 어느 날 3인가구가
될 수도 있다. 그때 집의 공간을 어떻게 재배치하고 재사용
할지는 각자의 선택이다. 거기에 '그래야 한다'는 건 없다.

나는
행복한
집순이

집에 대한 또 한 편의 이야기를 썼다. 손으로 꼽아보니 이것이 나의 열다섯 번째 책이다. 이제 나는 열다섯 채의 집을 지었고 그 모든 집을 지은 공간은 나의 진짜 집이었다. 더구나 이 책은 새로 이사한 집에서 짓느라 더욱 뜻 깊었다. 요리 연구가에게 주방은 새로운 요리를 실험해보는 작업장이자 실험실이듯, 건축가에게 집은 하나의 실험실이자 가장 중요한 작업장이다. 새로운 집에서 책상과 옷장, 침대와 화장대를 이리저리 놓아보며 그때마다 공간의 표정이 어떻게 바뀌는지를 체험해볼 수 있어서 좋았는데 이 책에는 그러한 기쁨이 조금씩 녹아 있다.

　말과 글로 집을 짓는 작업, 이 작업을 집에서 하다 보면 집에 대해 참 많은 것을 생각하게 된다. 아침에 눈을 떠서 밤에 잠이 들기까지 나의 하루는 온전히 집 안에서 이루어지고 때로는 며칠 동안 집 밖을 전혀 나가지 않을 때도 있다. 철저한 집순이지만 이 별명이 부끄럽지 않고 오히려 자랑스럽다. 내게는 집이 저녁 늦게 퇴근해 돌아와 씻고 잠을 자다가 아침이 되면 곧바로 떨치고 나가는 곳이 아닌, 사람이 내내 머물며 일도 하고 휴식도 취하고 때로 친구나 이

웃을 초대해 홈파티를 벌이는 다기능의 공간이 되기를 바란다. 그것이 가장 집다운 모습이라 생각한다.

　동양이든 서양이든 중세의 사람들은 농사를 지으며 살았고 집은 작업장이자 중요한 생산시설이었다. 소와 돼지, 닭을 키워 고기와 계란을 얻고, 곡식을 널어 말리고 저장했으며, 버터와 치즈 또는 된장과 간장을 만들고, 와인과 김치를 담그고 숙성시켰다. 겨울이 되면 옷감을 짜서 직접 옷을 지어 입기도 했다. 장인들에게 집의 1층은 작업장이었다. 거기서 만든 물건을 팔았다. 사람이 거주하는 방은 2층에 있었다. 귀족이나 양반의 경우도 마찬가지였다. 농사를 짓거나 물건을 직접 만들지는 않아도 집에서 처리하는 일이 무척 많았다. 우선 찾아오는 손님이 많았다. 사정이 어렵다는 이야기를 하러 온 소작인부터 줄을 대어 떡고물이라도 챙기려 하는 작자까지 방문객이 수도 없이 찾아왔고 또한 귀족끼리, 양반끼리 교류를 위해서도 끊임없이 서로를 방문했다. 그러다 산업혁명이 일어나 모든 것이 바뀌었다.

　공장과 기업이 생기면서 직장으로 출퇴근을 하는 것이 일상이 되자 집은 이제 더 이상 생산기능을 하지 못했다. 집은 본래 생산과 소비를 담당하는 직주통합의 공간이었지만 생산기능이 탈락하면서 주거전용이 되었고 반쪽짜리 집이 되고 말았다.

더구나 요즘은 대도시의 집값이 비싸지면서 더욱 이상한 현상이 일어나고 있다. 막대한 대출을 끼고 집을 사다 보니 맞벌이를 하지 않고서는 생활비와 대출금 상환을 감당할 수가 없다. 부부가 직장을 찾아서 아침에 나갔다가 저녁에 돌아오니 아이는 텅 빈 집에 홀로 남게 되고 그 공백을 메우기 위해 학원셔틀을 한다. 그러다 보니 집은 온종일 텅텅 비어 있다가 저녁나절이 되어서야 사람이 들어와 불이 켜지고 간신히 온기가 돈다. 우리는 비싼 집을 구해놓고도 정작 그 집을 이용하지 못한다. "집은 사는 것이 아니라 사는 곳이다"라고 말들을 하지만 정작 그 말을 하는 사람들 대개가 집에서 사는 시간은 얼마 되지 않는다.

내게 만약 공돈 300만 원이 생긴다면 카메라를 살 것이다. 누군가는 명품 가방을 사겠다고 할 수도 있을 것이다. 가방을 사든 카메라를 사든, 우리는 물건을 사면 바로 그 물건을 철저히 이용한다. 가방을 산 사람은 당장 다음 날 아침 출근길에서부터 새로 산 가방을 들고 흡족함을 느낄 것이다. 카메라를 산 나는 하루의 일상을 그게 뭐든 기록하려 들 것이다. 내 몸에서 떨어뜨리지 않고 내내 들고 다니며 행복해할 것이다. 고작 300만 원짜리 물건도 이렇게 즐겁게 쓰는데 집은 어떤가. 집은 300만 원이 훌쩍, 아주 훌쩍 넘는다. 그런데 우리는 주중에는 일을 하느라, 주말에는 약속 때문에, 휴가나 연휴에는 여행을 이유로 집을 비운다. 집은 사는 것이 아니라 사는 곳이라고 말을 하면서 정작 왜 살지 못하는지 의문이 든다.

비싼 카메라일수록 고이 모셔두지 말고 매일매일 들고 나가는 게 그 카메라를 가장 잘 이용하는 방법이듯, 집 또한 그곳에서 되도록 오래 머무르며 사는 게 가장 잘 이용하는 방법일 것이다. 그게 내가 집순이가 된 이유다. 내게 집에 대한 가치를 묻는다면 집은 본래 일도 하고 휴식도 취하는 직주통합의 공간이었다고 말하고 싶다. 나는 지금도 집 본연의 가치를 충실히 이행하고 있다. 집에서 집에 대한 이야기를 쓰는, 집에서 집을 짓는 가장 행복한 집순이다.

─────── *ℓ* **01**

침대는 거실에 둘게요
1.5인가구의 모던시크 주거라이프

초판 1쇄 2020년 2월 14일

지은이 서윤영

펴낸이 김한청
기획편집 원경은 이한경 박윤아 이건진 차언조
마케팅 최원준 최지애 설채린
디자인 이성아

펴낸곳 도서출판 다른
출판등록 2004년 9월 2일 제2013-000194호
주소 서울시 마포구 동교로27길 3-12 N빌딩 2층
전화 02.3143.6478 **팩스** 02.3143.6479
이메일 khc15968@hanmail.net
블로그 blog.naver.com/darun_pub
페이스북 /darunpublishers
인스타그램 edit_darunpub

ISBN 979-11-5633-280-0 03810

나를 다듬는
생각, 기술, 이야기를 담습니다
밋밋한 일상을, 딱히 없는 취향을
'발견'하고 '편집'하길 소망하는
수시로, 작게 실패하는
존재들을 위해 펴냅니다

01   **침대는 거실에 둘게요**
     1.5인가구의 모던시크 주거라이프

나라는
재발견
에디트

"야, 세상에
이런 집이 어디 있어?"

어떤 공간을 좋아하나요?
어떤 집에 살아야
더 행복하게, 더 나답게 지낼 수 있을까요.
회사 근처 적당한 동네에 집을 구해
그냥 잠만 잔다고요?
그런 '곳'에서 휴식을, 위로를,
의미를 구할 수 있을까요.
소확행, 스몰럭셔리, 편리미엄⋯
우리 집에 다 있을 수 있는
이야기들입니다.

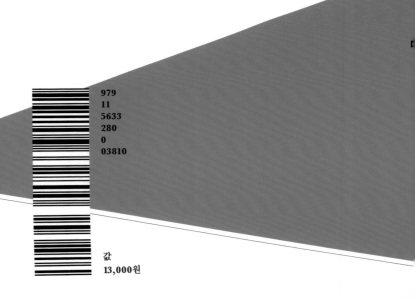

979
11
5633
280
0
03810

값
13,000원